新世紀超級英雄
HERO TEAM 01

Thousands Face

千面 藍可儀

17歲，和母親相依為命，聽從媽媽的建議來ＨＴ超級英雄。她本身是一個極容易害羞、缺乏自信、內向的女孩，經常畏首畏尾，殊不知自己很受民眾歡迎。

超能力

「千變萬化」，能夠在一瞬間變成任何人，不過只限外貌，衣著和能力並不會跟著變化。

Devil Sniper

惡魔槍手 許筱瑩

17歲，ＨＴ事務所的英雄。渾身散發出生人勿近的氣息，總是以冷靜的目光看待事情，經常板起臉孔、對人毫不客氣，就像一隻刺蝟。

超能力

「惡魔槍手」，能夠憑空變出槍械，並且控制發射出來的子彈速度和軌跡，甚至是短暫消失。

Hero Team

游諾天

24歲，Hero Team事務所的執行製作人，個性冷靜、實事求是、相當努力的男人，日夜都在工作，令人尊敬也令人擔心。為了讓ＨＴ重新成為一流的事務所，願意做任何事。

超能力

「電子世界」，能夠潛入電子世界（digital world），從而控制電子產品甚至是電腦網路。

Kung Fu Girl

功夫少女 關銀鈴

16歲，ＨＴ事務所的新人。自小便夢想當超級英雄。會加入ＨＴ事務所，是因為憧憬曾隸屬事務所、現在已經退役的「星銀騎士」。

超能力

「超人身體」，限時一小時，在一小時之內，關銀鈴會刀槍不入、百毒不侵、而且力大無窮，變成名副其實的超人。

Contents

序章

我要當超級英雄！

「各位，你們盡興嗎！」

「喔喔喔——」

臺下爆出熱烈歡呼，群眾高漲的情緒似乎變成滔天巨浪，眨眼間擠滿整個會場。

「我們還有更厲害的啊！」

「喔喔喔——」

火焰張牙舞爪，雷電宛如靈蛇出洞，狂風更像要撕裂四周似的在舞臺上瘋狂咆吼！眼前的一切明明是如此駭人，但群眾卻沒有露出半點驚懼的神色，他們反而高舉雙手，隨著眼前的異象雀躍起舞。

因為眼前的一切並非可怕的天災，也不是惡意的恐怖襲擊。

它們都是「超能力」的表演。

「媽媽！」一名女孩霍地大聲叫道。

在她身邊的女子立即低下頭，對她露出燦爛的笑容。

「怎麼了？」女子也大聲回答。

現場是如此熱鬧，要是她們不這樣做，恐怕會聽不到對方的聲音。

「長大之後，我也要當超級英雄！」

「是嗎？」女子仍然笑著回答。

如果在其他地方，女子也許只能夠苦笑以對，不過在這裡——在Neo-City，任何孩子都會有這種願望。

超能力並非子虛烏有的事物，超級英雄也並非孩子天馬行空的幻想。它們是真的。它們，就是Neo-City的和平象徵。

「嗯！而且我要當星銀騎士那樣帥氣的超級英雄！」

「好啊！那麼以後妳要當個乖孩子，這樣子英雄之石才會選上妳呀！」

「嗯！我會當一個乖孩子的！」

「轟！」

臺上突然傳來一陣爆炸聲，群眾都嚇得驚呼一聲，女孩更驚慌得抱緊媽媽。不過，當群眾發現這也是表演的一部分，他們再次興奮地舉手歡呼。

「喔喔喔——」

女孩也加入群眾的歡呼行列，她舉起細小的手臂，用盡氣力大叫出來。

「喔喔哇哇哇！」

女孩差點被人潮撞倒了，女子連忙抓緊女兒，然後輕輕吻著女兒的大額頭。

「要當超級英雄，就要小心自己的身體呀！」

「嗯！」女孩用力點頭，但當她見到一名全身穿著金屬盔甲的超級英雄在頭頂飛過的

時候，她馬上要跳起來似的舉起手臂。

「媽媽！是星銀騎士！」

星銀騎士猶如流星一般掠過天空，女孩想要追上去，但是人實在太多了，根本寸步難移，所以她只能一邊大叫、一邊指著對方遠去的背影。

「星銀騎士！我一定會去找你的！」

女孩抓起掛在頸鍊上的銀色鈴鐺，對著天空拚命揮手。

「所以，你要等我呀！」

星銀騎士適時回頭了。

在沸騰的人聲當中，他不可能聽得見女孩的叫喊，事實上他也只是轉身對群眾揮手。

不過，女孩就是覺得他在對自己揮手。

「媽媽！我一定會當上超級英雄的！」

女孩揮手揮得更起勁了，她甚至想要跳到眼前那位光頭伯伯的頭上，好讓星銀騎士看到自己。

「到時候，ＮＣ的和平就由我來守護！」

最後她沒有跳到光頭伯伯的頭上，她只是用充滿童真的聲音，大聲說出心底的願望。

第一章

超級英雄嘉年華

夜色漸濃，本來燈火通明的 Neo-City 逐漸暗淡下來，只有零星的白光從大樓的窗戶洩出，隱隱照亮無人的街道。

這理應是安眠的時間，但游諾天卻突然睜開雙眼。

「唔……」頭好重，身體也是，還有一點點冷。

這也難怪，現在已是深秋，晚間偶爾會颳起涼風，上身只穿著一件單薄的襯衫，當然會感到冷。所以他從沙發上坐起來，一手抓起桌上的可可。喝著熱呼呼的可可，身體總算變得暖和了……

不，才沒有。

可可在桌上不知放了多久，早就變得冷了，不過游諾天並不在意，繼續把它喝下去。

喝完之後，他終於抓起西裝外套，隨意披在身上。

現在是凌晨三點，地點是 Hero Team 的事務所大廳。ＨＴ曾經是超級英雄業界當中的龍頭大哥，不過近年來因為經營不善，所以業績每況愈下，上一季更險些要倒閉。為了避免再出現之前那種最壞的情況，游諾天連夜留在事務所工作，雖然辛苦，但他知道現在是重要的關頭，必須咬緊牙關堅持下去。

游諾天本來就身材瘦削，持續通宵工作令他更顯憔悴，他輕輕呼出一口氣，然後盯著眼前的筆電螢幕。

螢幕上的是ＮＣ超級英雄事務所的季度報告。

上一季之前，ＨＴ的業績實在糟糕，一度還被評為最低級的Ｄ級事務所，所幸當他們取錄了兩名新晉的超級英雄之後，工作方面終於略見起色，開始有大大小小的工作陸續找上門，事務所的業績因而好轉。

可是游諾天並沒有因此安心。

「第七十一名……」

事務所之前的排名為八十九，僅僅三個月便躍升到七十一名，就數字來說的確相當傲人，即使游諾天因此自滿也是無可厚非。

然而，換個角度來說，「只是」七十一名而已。

ＮＣ共有一百間超級英雄事務所，為了方便管理，英雄管理局把他們分成五個級別：前二十名是ＡＡ、二十一至四十是Ａ、四十一至六十五是Ｂ、六十六至八十五是Ｃ，八十五以下是Ｄ。

而判斷事務所屬於哪個級別的唯一指標，就是業績。

七十一名屬於Ｃ級的中游位置，只要繼續努力，再提升幾個名次就可以成為Ｂ級事務所。游諾天有信心，只要再多幾個月，他們一定做得到。

可惜偏偏是現在。

「該說是幸運呢，抑或是不幸……」游諾天看著螢幕，悄然嘆息。

又一陣晚風吹入事務所。

這是昨天收到的報告，報告內容只有他和ＨＴ的臨時代理人胡靜蘭知道。假如旗下的三名超級英雄得知事務所排名躍升，她們一定會很高興。

——她們會否因此得意忘形呢？還是說，她們會和自己一樣，在高興的同時也感到不甘心？

——希望是後者。

游諾天正要打開另一份文件繼續工作，忽然手機響起了，他不禁吃了一驚，但仔細一聽，那並非來電的聲音，而是行程表的提示聲響。

現在明明是半夜，為什麼會有預定行程？

游諾天皺起眉頭，而當他看到手機上的內容時，緊抿的嘴唇不禁放鬆。

「不要太拚命工作，管理身體健康也是製作人的職責，而且要是又忘記洗澡，會被女孩們嫌棄呢。」

這是活動的名稱，世上當然沒有這種不明所以的活動，所以這是某人留下來的訊息。

接著手機又響起了。同樣是行程表的提示聲響。

「衣服我已經替你準備好了，放在儲物櫃那邊。附近有一間二十四小時營業的澡堂，洗澡之後再工作吧。當然，洗澡之後直接回家休息，我會比較高興。靜蘭字。」

「妳以為自己還是十幾歲的小女孩啊……」

竟然用如此拐彎抹角的方式留言，她到底在想什麼？留一張紙條不就好了嗎？雖然留下紙條的話，他很有自信自己會忽略它。

「真是的，哪有這種閒時間……」

游諾天嘴巴在抱怨，卻也把手臂湊近鼻子。

沒有非常討厭的臭味，不過真的隱約散發出汗臭。上一次工作的時候，不只是旗下三名女孩，連合作的店家也略有微言。第一次可以蒙混過關，第二次可沒這麼好混。

「……好吧。」

快速梳洗一下，來回也不過半小時，之後再處理文件——游諾天下了決定。就在這個時候，他發現電子信箱中有一封未讀的來信。

「終於來了！」

游諾天馬上丟開洗澡的念頭，快速打開信箱。

果然，這封信是由超級英雄管理局寄來的，而信件的標題是「超級英雄嘉年華！」。

◆◎◆◎◆◎◆

「真的嗎！」

一記響亮的叫聲響徹事務所，假如在其他日子，游諾天肯定皺起眉頭，不過對方會有這種反應早在他意料之中，所以他只是平靜地喝著熱可可。

「我們真的可以參加嘉年華會嗎？」

大額頭……不對，雖然迫近游諾天的確實是一個大額頭，但興奮大叫的不是大額頭，而是它的主人——ＨＴ旗下的超級英雄「功夫少女」關銀鈴。

好大的額頭！相信所有人見到她都會立即有這種想法，而她本人非但毫不在意，更用頭巾把短髮束起來，露出光滑的大額頭。

游諾天其實很想要求她把頭髮放下來，可是他必須承認，只憑她一身黃色的運動裝束，實在難以令人印象深刻，而且超級英雄都必須戴上面具，所以在權衡輕重之下，唯有反過來強化她的最大特徵。

「當然是真的。」游諾天放下杯子，「這是英管局發給我們的邀請，雖然我們有拒絕的權利，但妳們不會這樣做吧？」

「太好了！」

關銀鈴冷不防一口氣撲向游諾天，游諾天走避不及，被她緊緊抱住。

「……妳這個丫頭！我不是說過不要突然撲過來嗎？」

游諾天忍住沒有叫出來，他只是狠狠瞪著關銀鈴，不過關銀鈴沒有被他嚇倒，反而把他抱得更緊了。

「太好了太好了太好了！是嘉年華呀！我每一年都有去，想不到今年我竟然可以用參展者的身分參加！」

游諾天很想要推開她，但他一整晚都沒睡覺，實在沒有多餘的氣力，只好任由她繼續抱著自己。

「等一等。」

忽然一道聲音插進兩人之間，游諾天轉過頭，看著待在大廳另一側的許筱瑩。

「惡魔槍手」許筱瑩，是比關銀鈴早一年加入ＨＴ的前輩。緊身的黑色背心、厚重的皮革手套和長靴，加上同色的長褲和護目鏡，許筱瑩這一身打扮與關銀鈴的親切形象完全不同，散發著一股冷峻的尖銳氣息。

然而，她現在和關銀鈴一樣，同樣露出驚喜的神情。

「只有前八十名的事務所有資格參加嘉年華會，上一季我們明明還是八十九名……」

「前天我收到報告，我們現在的排名是七十一名。」

「咦！」

關銀鈴霍地放開游諾天，吃驚地睜大雙眼。

「七十一名，也就是說……」

「我們現在是Ｃ級的事務所了。」

「太好了！」

關銀鈴轉頭撲向坐在沙發上的藍可儀，藍可儀馬上一驚，但她沒有抗拒，只是難以置信地眨了眨眼。

和其餘兩人相比，藍可儀就像一個普通的女學生，天藍色的樸素襯衫配上黑色領帶，下半身則穿著僅及膝蓋的黑色短裙和絲襪，除了身材豐滿之外，似乎沒有其他亮點，不過戴著藍色面具的她是ＨＴ的超級英雄「千面」。

「Ｃ級……」

「這是妳們的功勞。在這三個月裡，妳們都很努力。」

游諾天老實地稱讚三人，關銀鈴和藍可儀都高興地抱著彼此，但她們還未回應，許筱瑩的聲音又再次響起了。

「嘖。」

這記聲音猶如銀針一般，硬生生刺穿洋溢在事務所裡頭的歡樂氣氛。

「怎麼會是七十一名？」

本來也是一臉驚喜的許筱瑩，現在卻皺起了眉頭，她甚至煩躁地抓著頭髮，似乎顯得相當懊惱。

「前輩，不可以這樣說啦！」關銀鈴馬上反駁：「雖然只是七十一名，但我們花了三個月便提升了十八名！」

「如果是七十二名還好……不對，既然名次提升了，為什麼偏偏是七十一名？」

七十一名。

關銀鈴此時察覺到許筱瑩不高興的原因並非名次提升得不夠多，而是因為「七十一名」這個名次。

「有什麼問題嗎？」

「如果不是這個時候，的確是值得高興的事情，但偏偏是收到邀請信的前一天……」許筱瑩嘆一口氣，詢問：「製作人，假如我們之後名次提升了，我們在嘉年華會的舞臺位置會跟著改變嗎？」

「很可惜，不會。」游諾天打開英管局的邀請信，「我們已經被分派到C區，即使B區有臨時空缺，也將會由其他B區事務所瓜分，絕對不會由我們頂上。」

「嘖，果然是這樣……」

「難不成……」

聽到兩人的對話，關銀鈴也終於明白過來，但藍可儀卻還是一臉茫然，游諾天只好接著解釋下去。

「嘉年華會每一年都在英博那邊舉行。」

游諾天打開場地平面圖，把影像投射到半空。

英博——英雄博覽館的簡稱。

那是一座建於十年前，為表揚英雄英勇行為的展覽館，每個月都會有不同的展覽展示。到了每年十二月，英管局都會在那裡舉辦超級英雄嘉年華，前八十名的事務所會獲得邀請，當局會分派舞臺位置給他們，好讓他們在活動中表演。

英管局把三層高的博覽館劃分為Ａ、Ｂ、Ｃ三區。

Ａ區囊括了整個第一層，由於就在入口旁邊，是客人的必經之地，所以肯定會得到客人的注目，而這種絕佳位置，是屬於前二十名的事務所。

Ｂ區則在第二層以及大半部分的第三層，總面積比Ａ區更大，不過這一區域是由二十一至七十名、共五十間事務所瓜分，所以每一間所占的位置並不及Ａ區的事務所，但是因為氣氛熱鬧，也是客人必到之選。

最後是Ｃ區，Ｃ區在第三層的最內側，平均分配給七十一至八十名的事務所，其中七十一和七十二名的事務所得到C區的中央舞臺，可以說是該區最好的舞臺——然而，這個「最好」僅限於C區之內。

「咦？」

看著場地圖，藍可儀也察覺到了。

A區在第一層，B區在第二及第三層，C區則只有第三層的一小半，而且還要處於最內側，要前往該區絕不方便。

比較地理環境，C區絕對是壓倒性不利。

「如果我們是七十名，我們就會在這裡。」游諾天指著B區，然後吐一口氣，再指向C區的中央舞臺，「但我們在這裡。」

只是一名之差。

只要是七十一名之後，所在的地方將會天差地別。

「丫頭。」游諾天望向關銀鈴，「妳每年都有去嘉年華，對吧？」

「是的。」

「那麼妳有逛C區嗎？」

「當然有！就算是C區，也是大家努力的心血！」

「感想呢？」

「呃，這個嘛……」

「大家的心血呢？」

「唔……」關銀鈴皺起眉頭，輕輕別過臉，「他們真的很努力啦……」

「也就是說，連妳這個超級英雄迷也不能苟同他們的表現吧？」

「我沒有這樣說！但是和Ａ區、Ｂ區相比，Ｃ區的氣氛的確很差，客人只有幾個人，事務所也有點死氣沉沉……」

「這就是Ｃ區，我們所在的位置。」

游諾天說完後便關掉場地圖，順手從口袋中拿出一片巧克力，繼續解釋：「這裡，業界稱之為『陪跑區』，至於在客人心目中，則是一個可有可無的地方。」

「那麼……我們要怎樣做才好？」藍可儀輕聲問道。

「這個嘛……」

游諾天本來要吃掉巧克力，但他忽然咳了兩聲，差點把巧克力掉在地上，還好他及時抓住了。

「咳……妳們認為呢？」

游諾天不答反問，藍可儀一愣，但是關銀鈴馬上回答了。

「當然是繼續參加！難得有這個機會，即使是Ｃ區也沒問題，我們來炒熱氣氛吧！」

「嘖，哪有這麼簡單……不過我也認同。」許筱瑩接著說：「既然有參展的機會，不可能白白放棄。」

「先說好，我們只是去做陪襯。」

游諾天平靜地說出事實，許筱瑩隨即回他一記白眼。

「總之，我要參加。」

「我……我也是！」

「好！這樣就三票贊成通過了！製作人，我們趕緊回信答應吧！」

「我早就回信了。」

女孩們的反應都在意料之內，游諾天滿意地點了點頭，之後他爽快的站起來。

「還有兩個月，我們之後來討論要做什麼表演，但不可以怠慢日常工作。今天筱瑩和可儀都有訪問，去準備一下，差不多要出發了。」

「製作人！」關銀鈴忽然高舉右手，提問：「我可以到會場那邊參觀嗎？」

「今天才第一天開放，妳要去看什麼？」

「反正我今天沒有工作，想親眼看看舞臺大小。」

「那個之後再看，我今天沒空陪妳去。」

「我自己一個人也可以啦！」

游諾天不耐煩地揮著手說：「那邊還沒有派發工作證，必須要有製作人同行才可以進入會場。」

「嗚……」

「不如我陪她們去做訪問，你陪她到會場參觀吧？」

一直沒有參與對話的胡靜蘭忽然開口了。

胡靜蘭五官端正，左眼角下方有一顆小小的淚痣，筆挺的鼻梁上架著一副橢圓形的紅框眼鏡，穿著和游諾天相同款式的黑色套裝，給人一種成熟女性的感覺。

她是ＨＴ的臨時代理人，名義上是游諾天的上司，但她沒有擺出上司的架子，反而溫柔地笑著。

照道理游諾天應該受用的，可是他竟然皺起眉頭，不悅地看著她。

游諾天看著她的臉，以及她的腳——一雙不良於行，必須坐在輪椅上的腳。

「總要有人留在辦公室吧？」游諾天放輕聲音說。

「放心，我已經把辦公室的電話轉接到手機，而且今天也沒有任何預約的訪客，只要鎖好大門就可以了。」

胡靜蘭推著輪椅，來到四人身前。

「今天的訪問比較輕鬆，製作人不在現場也沒問題，由我陪她們去吧。我是事務所的臨時代理，對方應該不會有怨言的。」

胡靜蘭掛著微笑，雙眼卻一直盯著游諾天不放。

「而且你昨晚又沒有睡覺，今天休息一下吧。」

胡靜蘭刻意強調「又」這個字，游諾天當然聽得出來，他的眉頭皺得更緊，不過他沒有反駁，只是悄然別過視線。

接著，他嘆了一口氣。

「不行。雖然只是雜誌的小訪問，但製作人不在場，這樣太失禮了。」

「但是——」

「妳陪她去會場吧。」游諾天斷然阻止胡靜蘭說下去，「妳是事務所的負責人，可以帶人進入會場。」

「……好吧。」

胡靜蘭放輕聲音，不過她依然望著游諾天，微微張開的嘴巴似乎想要說什麼，但最後還是默默閉上。

◆◎◆◎◆◎◆

下午時分，關銀鈴和胡靜蘭一起來到英雄博覽館。

因為要準備嘉年華會的關係，現在英雄博覽館已經暫停對外開放，而今天只是第一天，所以如同游諾天所言，英博十分冷清，只有寥寥數人在裡頭巡視。

「靜蘭姐，我可以問妳一個問題嗎？」

「怎麼了？」

胡靜蘭抬起頭看著身後的女孩，輕輕展露微笑。

「妳和製作人有什麼特殊關係嗎？」

「嗯？」

「其實我一直都有這個感覺，總覺得你們不像是普通的同事關係……」關銀鈴搔著臉頰說：「製作人不是經常皺起眉頭，而且態度很不好嗎？對著我們是這樣子，有時候對著工作的伙伴也是，不過他對靜蘭姐總是特別溫柔。」

「在妳眼中是這樣嗎？」

「不只是這樣，製作人還會……唔，該怎樣說呢？他好像很珍惜靜蘭姐，很怕妳會受傷似的。」

胡靜蘭沒有回答，只是默默看著關銀鈴。

「所以我才會想，你們是不是有什麼特殊關係？感覺上不像情人，但又不像普通的工作同事。」

「因為我曾經和諾天交往過。」

「原來是這樣——等等！你們交往過？真的嗎？」

關銀鈴倏地停下來，她滿臉通紅，難以置信地看著胡靜蘭。

胡靜蘭長得標緻可人，游諾天也是英俊瀟灑，兩個人走在一起，絕對是賞心悅目，假如更進一步親密地互相擁抱的話，畫面一定會美麗得羨煞旁人……

「說笑的。我們沒有交往過。」胡靜蘭笑著否認。

關銀鈴稍顯失望，但她沒有放棄，繼續低頭望著胡靜蘭，「真的嗎？但你們一定不是普通同事，之前肯定發生過什麼事情。」

「妳很在意嗎？」

「當然在意呀！告訴我吧，一點點就好，是製作人以前追求過靜蘭姐嗎？但製作人自尊心這麼強，要是被拒絕了，他肯定會避開不見吧。」

「如果是我追求他，但被他拒絕了呢？」

胡靜蘭又再一笑，關銀鈴當場驚訝得大叫出來。

「咦咦咦！是這樣子嗎？不要吊我胃口啦！」

「到底是怎樣呢？我也不太記得了。」

「嗚！壞心眼的角色有製作人一個就夠了！到底是怎樣啊？告訴我吧，我不會告訴其他人——」

「胡靜蘭？」

一道女聲忽然從身後傳來，關銀鈴隨即嚇了一跳，她轉過頭，便見到一名穿著藍色套裝的金髮女子站在眼前。

「果然是妳！沒想到會在這裡見到妳呢！」

金髮女子走到胡靜蘭身邊，然後她彎下腰，在胡靜蘭臉上輕輕一吻。不是裝個樣子，也不是臉頰碰臉頰的友誼之吻，金髮女子的嘴唇真的貼上了胡靜蘭的臉頰，關銀鈴看到了，一聲驚叫之後，臉頰馬上漲紅起來。

「咦！這這這這是——」

「嗯？」金髮女子抬起頭來，好奇地看著關銀鈴，「她是誰？」

前一秒才被女子親吻臉頰，但胡靜蘭依然平靜地笑著說：「她是功夫少女，是我ＨＴ旗下的超級英雄。」

「啊……」

女子點了點頭，忽然她站起身體，把臉湊到關銀鈴眼前，關銀鈴當然又嚇到了，連忙往後退開。

然而，在這之前，女子率先舉起右手，輕輕抓住關銀鈴的下巴。

「嗚哇！這、這——」

「皮膚不錯，嘴巴長得好可愛，而且雙眼有神，雖然不是我喜歡的類型，但維多利亞會喜歡她吧？。」

女子一手捧起關銀鈴的臉頰，另一手抱住她的腰肢。在身體要貼在一起之前，關銀鈴顧不了危險，連忙使勁推開對方。

「靜蘭姐！這這這位是誰啊？」關銀鈴蹲下來，躲在胡靜蘭身後說。

「冷靜點，她不是可疑的人。」胡靜蘭輕輕拍著關銀鈴的手背，笑著看向身前的金髮女子，「不過妳做得太過分了，不可以欺負我家的新人啊。」

「對不起，我不是要欺負她，但見她這麼可愛，老毛病又犯了。」

金髮女子低頭道歉，關銀鈴雖然猶有餘悸，不過也老實接受。

「妳是誰啦？」

「這是我的名片。」

金髮女子向關銀鈴遞出名片，關銀鈴猶豫了一會才接過。

Queen Victoria 執行製作人　露易絲・希萊恩

看到這個名字，關銀鈴不禁睜大雙眼。

「咦？Queen Victoria不就是第三名——」

「是暫時的第三名。」露易絲倏地打斷關銀鈴的話，「在不久的將來，我們會打倒ＣＪ和ＥＸＢ，把第一名的寶座搶過來。」

Queen Victoria——維多利亞女王，在ＮＣ無人不識，是現時排名第三的超級英雄事務所。整體人氣雖然不及前兩名事務所，但只論女性超級英雄市場的話，它擁有其他人望塵莫及的絕對優勢。

「好厲害……」關銀鈴忍不住輕聲驚嘆。

胡靜蘭看著輕輕一笑，對露易絲說：「妳還是這麼有自信。」

露易絲也笑著回答：「要是敢露出軟弱的姿態，維多利亞是會生氣的。」

「的確呢。說起來，她還好嗎——」

「好厲害！靜蘭姐，是真的ＱＶＡ呀！原來妳認識這麼厲害的人嗎！」

關銀鈴突然興奮地叫出來，胡靜蘭和露易絲都吃了一驚，而關銀鈴忘了剛才的恐懼，一口氣跑到露易絲的眼前。

「妳好！我是功夫少女，我有看過妳們的女王巡遊，真的好厲害！維多利亞小姐好漂亮，卡繆小姐也好帥氣！今年妳們會有公演嗎？不，今年妳們的公演已經結束了，這次的女王巡遊也很好看！在嘉年華會妳們會表演女王巡遊嗎？我會趁休息的時候去看的！」

看著關銀鈴雙眼閃閃發光，露易絲終於回過神來，她瞇起眼睛看著眼前雙眼發光的少女，本來已經在微笑的嘴角，現在勾得更高了。

「果然是一個可愛的孩子，靠得這麼近，我會忍不住吻妳啊？」

「嗚哇！不不不，妳的好意我心領了！」關銀鈴連忙後退兩步，「不過妳們真的好厲害，妳們要加油，我會支持妳們的！」

「妳要加入我們ＱＶＡ嗎？」露易絲突然笑著說道。

關銀鈴一愣，似乎不明白對方的話。

「妳說加入……」

「只要是可愛的女孩子，我們ＱＶＡ都很歡迎。而且我剛才說了吧？維多利亞會喜歡妳，只要妳不忘努力，要加入女王巡遊也不是夢。」

「咦？這、這個——！」

「所以妳要加入我們嗎？不只是維多利亞，應該還有很多大姐姐會喜歡妳，而且我看妳也很有潛質，再過幾年，妳一定可以——」

「在我面前挖角，有些失禮啊？」

胡靜蘭切入兩人中間，臉上雖然也是微笑著，但眼神難得有點冰冷。

「這孩子是憧憬星銀騎士，所以才會加入ＨＴ。」

「咦？」露易絲當場一愣，「憧憬星銀騎士？但是……」

露易絲沒有說下去，她只是看著胡靜蘭，接著聳了聳肩。

「不，妳說得沒錯，我的確太失禮了，但功夫妹妹比我想像中更加可愛，不過若再待在這裡，我恐怕會更加失禮呢。」露易絲走到胡靜蘭身前，在她身前單膝跪下，「我絕對無意冒犯，只是難得遇到好友，所以有點得意忘形，請妳原諒。」

「能夠再見到妳，我也很高興。請代我向維多利亞問好。」

「遵命，我的公主。」

露易絲牽起胡靜蘭的手，輕輕吻了她的手背。

明明是如此造作的動作，露易絲做起來卻是優雅自然，關銀鈴看得屏息靜氣，不敢隨便亂動。

「我也要請求妳的原諒。」露易絲站起身，轉而對關銀鈴彎身鞠躬，「不過我並非誇大其詞，只要妳繼續努力，我相信妳一定會有一番成就。」

「多謝妳，我會努力的！」關銀鈴握拳。

——不妙。好帥氣！雖然游諾天也好帥，但露易絲好像更帥！這件事我絕對不可以說出口！

「對了，妳們會在這裡，就是說今年ＨＴ也要參加嘉年華會？」露易絲說。

「是的，我們回來了。」胡靜蘭笑著點頭。

「想不到那傢伙真的做到了……不，這只是運氣吧？而且他竟然要妳一個人帶著新人來到會場，他到底在做什麼？」

「他有其他工作在身，而且是我主動提出要幫忙的。」

「他就是這樣子，所以我才不放心妳留在他的身邊。」

「他比妳想像中的還要努力啊。」

「我知道，但我就是在生理上接受不了他。」露易絲抱緊雙臂，露出厭惡的表情，搖搖頭，「算了，不說他，妳們的舞臺在哪裡？」

「在Ｃ區。」

聽到胡靜蘭的回答，露易絲表情一變。

「Ｃ區嗎……」露易絲輕聲說道，之後她左顧右盼確定四下沒人在偷聽，才說：「妳們要小心。」

出乎意料的話，但胡靜蘭沒有回答，只是等著露易絲說下去。

「雖然只是傳聞，Ａ區、Ｂ區都是為了吸引更多客人而努力，但Ｃ區不是。」

「他們不會為了客人而努力嗎？」

「不只是這樣。」

露易絲抿著嘴巴，想了一會，最後決定不說下去。

「詳細我也不清楚，但那邊的氣氛很不好。如果妳們需要幫忙，隨時來找我，我會盡力幫助妳們。」露易絲握緊胡靜蘭的手，誠懇地說道。

「多謝妳。」

胡靜蘭回以微笑，然後這次換她舉起露易絲的手，在手背上輕輕一吻。

「我還有其他工作，先走了。」

「我們也要去C區了，下次再見。」

兩人互相道別，露易絲也沒忘記關銀鈴，笑著說了一聲再見後才轉身離開。

「靜蘭姐，那個……」

「不用擔心。」

看到關銀鈴一臉擔憂，胡靜蘭先一步說道：「C區的情況的確不好，但我們只需要做好本分。」

「不，那個……」

「有其他在意的事情嗎？」

「嗯，就是呢……難道妳和露易絲小姐也有特殊關係嗎？」關銀鈴一臉認真地問道。

胡靜蘭不禁一愣，然後忍不住笑了出來。

「嗯，我和她交往過啊。」

「不要開玩笑啦！但是看妳們互動的氣氛，好像真的有這個可能……不會吧！是真的嗎？這這這個……雖然我是不反對同性戀……不，應該說我沒有特別的意見，但是妳們兩位都這麼漂亮……那麼是露易絲小姐做主動的一方嗎？還是說……」

闞銀鈴的臉頰越來越紅，話也說得越來越快，看到她這樣子，胡靜蘭笑得更加燦爛。

同一時間，她也更加安心。

——這孩子，雖然有點天真，但也許真的可以成大器。

胡靜蘭把C區的煩惱拋諸腦後，一邊捉弄著闞銀鈴，一邊和她前往C區。

◆◎◆◎◆◎◆

C區等於陪跑區。

來到HT的舞臺所在，闞銀鈴終於明白這句話的真正意思。

好小！

好暗！

好殘舊！

不，最後一項可以之後補救，燈光方面其實也有辦法解決。

但還是太小了！真的！這樣的舞臺，連學校禮堂的舞臺也比它大！

「靜蘭姐，這是嚴重的差別待遇呀！」

其實關銀鈴早就知道C區的舞臺不可能有A區、B區那種規模的大小，而且她也記得C區是很昏暗的場地，但站在未經布置的舞臺跟前，她還是感受到一陣前所未有、赤裸裸的強大衝擊。

「往好的方面想，我們至少擁有一個專屬舞臺。」

「但是——」

「而且所謂的舞臺呢，在臺下是看不清楚的。」胡靜蘭把輪椅推到舞臺的階梯邊緣，笑著對關銀鈴說：「我們上去看看吧。」

「會有什麼分別嗎？」

「看過之後，妳就會明白了。」

關銀鈴抱起胡靜蘭，慢慢走上舞臺。

然後，她呆愣在原地。

「這就是……」

胡靜蘭也跟著往下看，滿意地笑出來。

「這就是真正的舞臺。」

明明從臺下往上看，舞臺是如此渺小；然而，反過來從臺上往下看，眼前的空間竟然猶如遼闊的平原，一直往四方八面伸展，彷彿無邊無際。

「嘉年華會並非是為了我們而存在。」

一邊說著，胡靜蘭一邊緩緩伸出右手，白皙的五根指頭往外張開，就像在跟一名無形的觀眾碰觸彼此。

「而是為了帶給市民愛和勇氣。」

「嗯……」

現在眼前沒有任何人，只有一片灰白色的地板。到了正式表演的當日，到底會有多少客人前來呢？

也許一個人也沒有，不過關銀鈴卻沒有這樣想。

現在充斥她心頭的，是人群擠滿臺下的熱鬧光景。

這只是幻想。她清楚的知道。

但她還是興奮得顫抖了。

如雷的掌聲，排山倒海的歡呼，假如這一切都能變成真——

「靜蘭姐，我們做得到嗎？」

關銀鈴抱著胡靜蘭回到臺下，把對方放回輪椅之際，她忍不住問了。

「這是我們第一次擁有專屬的舞臺，我們要怎樣做才能夠吸引到客人，令他們看完之後，覺得有來看真的太好了呢？」

「很簡單。」

胡靜蘭輕輕按著關銀鈴的胸口。

「用心去做就可以了。」

「用心去做……」

「只要用心去做，一定可以把心中的熱情傳給大家。」

胡靜蘭的手並不溫暖，甚至有點冰冷，但是關銀鈴能感受到她手掌的脈動，也透過她的手掌，感受到自己的心跳。

「噗通、噗通、噗通、噗通——」

「嗯！我會用心去做的！」

「乖孩子。」

胡靜蘭滿意地點了點頭，忽然頭頂傳來一點聲音，那個聲音太輕了，所以她沒有很在意，只是隨意地抬起頭。

一個燈箱就在眼前。

關銀鈴也看到了，沉重的燈箱正在急速的往下墜落，而它掉落的位置正好是胡靜蘭的頭頂！

「小心！」

如果在燈箱一開始掉落的時候馬上察覺，也許還可以立即推走胡靜蘭，可是燈箱已經在掉落了，除了捨身擋住之外，似乎別無他法。

就在這時，關銀鈴的身體突然閃出一陣金光。

「喝！」

關銀鈴倏地放開推著輪椅的雙手，同時力量自腳下傳到上半身，她憑著這股力量躍到半空，使出一記凌厲的旋風腿！

乍看之下，這只是一記再普通不過的旋風腿，事實上這記踢腿快得只留殘影，而且明明是血肉之軀撞上沉甸甸的金屬箱子，關銀鈴卻連眉頭都沒有皺一下，反而燈箱當場變成一團爛鐵。

「超人身體」。

這正是關銀鈴的超能力，在發動超能力的一小時之內，她會得到超人級的力量、超人級的五感、超人級的反射神經，以及刀槍不入、百毒不侵——

簡單來說，就是如假包換的超人，所以區區燈箱不會難倒她。

當然，踢爛會場的燈箱並非上策，不過這是要救人，實在是迫不得已。

「咦？」

然而，當關銀鈴落地之際，她駭然見到一道身影從入口處走進來，而燈箱正好朝著那人飛了過去！

「嗚哇哇！小心！」

關銀鈴趕忙想要跑上去，但燈箱的飛行速度太快了，她差一點點距離才能抓住它。

「嗖——」

燈箱撞上走進來的男子，男子當場吐血——沒有！不，應該沒有，因為一道黑影突然從地底竄出來，擋住了關銀鈴前方的視野。

「咦？這是……」

黑影輕鬆地接住燈箱，然後把它放到地上。關銀鈴認得這個超能力，於是她驚喜地看著眼前的男子。

一件虎紋外套首先映入眼簾，之後關銀鈴往上看，便見到一張赤黃色的金屬面具。

「是影虎！」

關銀鈴尖叫一聲，跑到對方身邊。

「影虎先生，你好！我是HT事務所的功夫少女，是三個月前才入行的新人，請多多指教！」

闕銀鈴的聲音響徹整個會場，而且影虎沒有戴著耳機，所以他一定聽得見她的話。可是回應闕銀鈴的只是一片沉默。

「影虎先生，你好？」

闕銀鈴再一次叫著眼前的男子，而對方仍然沒有回應，只是一直抬頭望著舞臺。

「我是HT事務所的新人功夫少女，我們今年也會在這一區表演，請你多多指教！」

闕銀鈴稍微放輕聲音，右手依然往前伸出。

這時，影虎終於有反應了。

他舉起了左手，慢慢朝著闕銀鈴的手掌靠過去。

正當闕銀鈴以為影虎要握著她的手，冷不防耳邊傳來一聲微弱但清脆的聲音。是「啪」的一聲。

闕銀鈴不敢相信眼前發生的事情，她只能夠轉過頭，看著被人撥開的右手。而影虎一句話也沒有說，冷冷地轉身離去。

「影虎，你在做什麼啊？」

一道聲音從旁邊傳來，闕銀鈴轉頭一看，便見到一名戴著眼鏡的男子來到影虎身邊。

「抱歉，這傢伙是一個怪人，請不要在意。」

男子低頭對關銀鈴道歉，話雖如此，他卻沒有抓住身後的影虎。

「不……是我突然來打擾影虎先生，我才要道歉。」

男子快速地打量關銀鈴一眼，然後一邊遞出名片，一邊說：「我是ＴＧＥ的執行製作人龍一心。」

關銀鈴接過對方的名片，上面果然印著「The Great Explorer 執行製作人」這幾個大字。

「你好，我是ＨＴ事務所的功夫少女。」

「我認得妳。」龍一心笑著說：「我之前看過關於妳的報導，妳是一個很有潛力的新人呢。妳是自己一個人來的嗎？」

「不是，有人帶我來的，她就在——」

「你好，我是ＨＴ的臨時代理胡靜蘭。」

胡靜蘭適時來到關銀鈴身邊，龍一心馬上向她遞出名片。

「妳好。真沒想到，今天竟然會見到其他事務所的人。」

「因為我們難得可以參加嘉年華會，所以想早點來會場參觀。」

「胡小姐妳太謙虛了，以前ＨＴ不都在Ａ區、Ｂ區表演嗎？要你們來到Ｃ區表演，實在是大材小用。」

龍一心這句話聽起來話中帶刺，但看他的態度相當自然，既沒有刻意的奉承笑容，也沒有不懷好意的眼神，看來只是無心之失。

所以胡靜蘭只是輕輕一笑，然後說：「不，這幾年我們經營失當，現在只是一間小型事務所，在很多方面都要請你們多多賜教。」

「請不要這樣說，我們才要向你們多多學習，畢竟HT的名次比我們高呢。」

又一句中帶刺的話，可是龍一心依然一臉平靜，實在看不出他是有心還是無意。

胡靜蘭決定繼續平靜對答——本來她就是這樣想的。

「不過，既然妳說到這分上，我給你們一點建議吧。」

冷不防的，龍一心突然這樣說，胡靜蘭一愣，接著悄然瞇起雙眼。

「請說。」

龍一心仍然掛著同樣的表情，但不只是胡靜蘭，連關銀鈴也察覺到對方散發出來的氣息突然改變了。

剛才一連串的話，就像是為了接下來的話做伏筆。

「C區是不受歡迎的區域。」

平淡的、理所當然的一句話。

但這也是一個伏筆。

「所以，不要想變得受歡迎。」

這句話，才是龍一心真正想要說的話。

第二章

做了後悔，比不做後悔更好

「我們來討論嘉年華會的表演吧。」

「好……好的！」

三名女孩之中只有藍可儀回答，游諾天馬上一怔，然後抬起頭看著眼前三名女孩。

游諾天早就想到許筱瑩不會有任何回答，所以正確來說，他是看著微微低下頭、似乎若有所思的關銀鈴。

「真難得，妳竟然沒有任何反應。」

「唔……」

「昨天在會場發生了什麼事嗎？」

游諾天立刻猜到原因，而關銀鈴猶豫了一會，只是搖了搖頭。

「沒有。」

「真的嗎？」

「唔……」

真是不懂說謊的孩子。游諾天嘆了口氣。

「靜蘭，昨天發生了什麼事？」

游諾天轉頭詢問胡靜蘭，不料胡靜蘭也只是輕輕搖頭。

「是發生了一點事情，沒什麼大不了。」

「就算只是小事情，也可能會影響到我們的決定。到底發生了什麼事？」胡靜蘭和關銀鈴彼此交換視線，最後胡靜蘭說出昨天遇到龍一心的事情。

說出最後一句話的時候，胡靜蘭不禁垂下眼簾。

「不要想變得受歡迎嗎？」游諾天重複這一句話，之後他敲著桌子，沉思了一會。

「製作人，我不明白他的意思。」關銀鈴終於忍不住開口了，「大家在嘉年華會上努力表演，吸引客人前來參觀，不是很理所當然嗎？」

「是這樣沒錯。」

「如果能夠吸引到客人，自己也會變得受歡迎，這是理所當然的結果，但他卻說不要想變得受歡迎……難道他不想吸引客人嗎？」

游諾天沒有回答。

不是他不知道答案，反而是因為清楚明白，所以才會猶豫。

「妳們知道嘉年華會的表演，和平時工作的表演有什麼分別嗎？」

游諾天丟出這個問題，關銀鈴和藍可儀都立即妳看看我、我看看妳，然後搖了搖頭，唯有許筱瑩板著臉孔，不悅地嘆一口氣。

「嘉年華會是無償表演，對吧？」

「正確答案。」游諾天點了點頭，「英管局邀請我們參加嘉年華會，當然會給資助，

但那一丁點資助只足夠讓我們擺一個年度回顧展覽，假如想做更加吸引人的表演，我們必須自掏腰包。」

「所以……？」關銀鈴歪著頭，很不明白的樣子。

「假如表演不成功，不能吸引到客人，更加重要的是吸引不到贊助商的話，這次表演的經費都白花了。正因為這樣，所以他才會說出那句話。」

「……我還是不明白啊……」

游諾天耐心的解釋道：「很簡單的道理，Ｃ區是不受歡迎的區域，這是無法否定的事實，而且ＴＧＥ和我們不同，他們已經連續幾年在Ｃ區表演，對於Ｃ區的實際情況，他們肯定有更深切的體會。最初他們肯定也努力過，但是支出遠超過收入，久而久之，他們再沒有動力努力表演了。」

「就算是這樣，那和我們有什麼關係？他那句話就像在警告我們——」關銀鈴忍不住皺起了眉頭。

「因為Ｃ區不只有ＴＧＥ一間事務所，還有其他八間事務所，他們都會和ＴＧＥ一樣只用英管局給的資源，做最低限度的展覽。」

游諾天看著關銀鈴，加重了語氣。

「妳想一想，當大家都在做這種毫不費勁的展覽，忽然有一家自以為是的事務所闖進來，雖然不知道他們想做什麼，但見他們一臉興奮，ＴＧＥ以及其他人會怎樣想？」

「會覺得他們很耀眼，然後受到感動，覺得自己也要努力才行？」

「會覺得他們很礙眼。」游諾天說得毫不留情，「而那間不知好歹的事務所——就是我們。」

說完之後，游諾天打開手機，把Ｃ區的平面圖投射出來。

「所以要怎麼辦呢？假如我們決定認真做好表演，除了資金問題之外，我們還要應付其他九間事務所的敵意。我先說好，這種敵意是很難受的，直到活動結束為止，他們都會一直針對我們。」

「這……」

藍可儀被游諾天的話嚇倒了，但她未說下去，一隻強而有力的手臂便率先用力抱緊她的肩膀。

「我們當然要認真表演！」關銀鈴堅定地看著游諾天，「雖然Ｃ區不受歡迎，而且大家都不願意認真去做，但哪怕只有一個客人，我們都不可以讓他失望！」

「也許連一個客人也沒有。」游諾天說。

「不會的！雖然Ｃ區人流遠不及Ａ區、Ｂ區，但我每年都有逛Ｃ區，身邊也有其他客人。為了他們，我們一定要拚盡全力！」

「我認同熱血白痴的想法。」許筱瑩也開口了，「雖然我不會為了區區一名客人拚盡全力，但我才不管其他事務所怎麼想。難得有表演的舞臺，怎麼可以不好好利用？其他事務所都懶洋洋的，正好讓我們獨占所有客人。」

「前輩，我不是什麼熱血白痴啦！」

關銀鈴大聲抗議，許筱瑩不當一回事，只是筆直地盯著游諾天。

「妳們是認真的吧？」

「當然是認真的，我連表演的節目都想好了呀！」

「嗯？」關銀鈴這句話勾起了游諾天的興趣，「說來聽聽。」

許筱瑩仍然皺起眉頭，但她也忍不住望著關銀鈴。

「既然是我們ＨＴ回歸嘉年華會的重要表演，當然只有『那個』了！」

「那個？」

游諾天突然有種不妙的感覺。

關銀鈴也許不是一個白痴，但她是一個天真單純的孩子，身體總是比腦袋領先幾步。

簡單來說，就是不會深思熟慮的類型。

用她的思維來想的話，她說的「那個」，很可能就是——

「就是ＨＴ的代表作，《超級英雄大時代》！」

《超級英雄大時代》。

ＮＣ有史以來第一個以超級英雄為骨幹的大型話劇表演，故事相當簡單，就是超級英雄打壞人，彰顯愛與正義。

單就劇本來說它並不出色，但它做到了以往話劇做不到的事情——超級英雄在舞臺之上，以華麗的方式表現自己的超能力，配上歌舞和特效，觀眾都看得熱血沸騰；另外，當時事務所制度尚未成熟，因此有很多他社的超級英雄都參與了這場演出，無數的超能力漫天飛舞，實在蔚為奇觀。

做出這項創舉的事務所，正是當時的龍頭 Hero Team。

所以，作為回歸嘉年華會的第一擊，以全新的手法表演《超級英雄大時代》，的確是不二之選……

「不行。」

關銀鈴以為自己的提案一定會被接納，不料游諾天竟然一口反對，她吃驚地問：「為什麼呀！這不是很令人熱血沸騰嗎？」

「我不會要求妳們只做最低限度的展覽，甚至如果妳們說要用盡事務所的資金來做表

演，我都會支持妳們。」游諾天忍不住白了關銀鈴一眼，然後輕聲嘆氣道：「但即使我們耗盡資金孤注一擲，我們也做不到這種規模的話劇……不對，以我們現在的人手，根本做不出話劇。」

「世上無難事，只怕有心人——嗚！」

「別以為說幾句熱血的話，現實問題就會迎刃而解。」

游諾收回打在關銀鈴頭上的手機，沒好氣地搖了搖頭。

「首先，連同我和靜蘭，事務所就只有五個人，就算靜蘭願意幫忙客串，我也不可能有空去參與演出。只有四個人就要表演《超級英雄大時代》？其他人看到，肯定會笑我們不自量力。」

「但是——」

「而且妳們不要忘了，嘉年華會兩個月後才正式開始，在這兩個月裡妳們還有日常的工作，我不會允許妳們罷工去排練。」

「我們不會這樣做啦！」

「還有，妳親眼見過舞臺的大小吧？」游諾天繼續潑冷水，「別說是《超級英雄大時代》了，連背景設定稍微複雜的故事也應付不了。說到這個，話劇的根本也不是演員，而是劇本，妳打算上哪裡找劇本？自己寫嗎？不可能，以妳的腦袋，肯定只會寫出天真到令人苦笑的故事——」

「那個，劇本的話……我可以寫。」

藍可儀忽然開口了，而且她沒有等到游諾天把話說完，便舉起手打斷他的話。這個舉動完全出乎游諾天意料之外，所以他不禁一怔，然後瞇起眼睛看著她。

「妳會寫？」

「是……是的。」藍可儀抓緊裙襬，用力深呼吸，「雖然我沒有學習過正式的劇本寫法……但我……看過很多書，應該可以參考一下……」

「妳寫劇本的話，我們的演員就會少一人了。」

「不！我會兼任演員……」

「妳還有日常的工作。」游諾天打斷她的話，隨即打開手機看行事曆，「三人之中，妳的工作行程是最密集的。」

「我、我不會怠慢日常工作……會在工作之後才寫劇本……」

「既然這樣，我來負責舞臺音樂。」許筱瑩突然接著說道。

游諾天眉頭一皺，納悶地看著她。

「妳該不會想說，妳也會兼任演員吧？」

「當然，後輩做得到的事情，我不可能做不到。」

「我還以為妳是比較冷靜的人，會提議弄個樂團之類的。」

「嘖，你是認真的嗎？」許筱瑩冷哼一聲，「要她們在兩個月內學會一種樂器，根本是痴人說夢。」

游諾天完全無法反駁，而關銀鈴沒有錯過這個大好機會，連忙點頭附和：「要我在兩個月內學會一種樂器，完全不可能！但若有兩個月時間讓我們排練話劇的話，我們一定會做得到！」

「妳這個丫頭——」

「我還可以兼任道具和舞臺布置！即使我們只有四個人，我們也一定可以做到《超級英雄大時代》！」

「妳發神經啊？這是不可能的。」

「呃，小鈴，那個……真的不可能啦……」

「等等！妳們怎麼突然改口呀！」

看到關銀鈴驚慌失措地揮著手，許筱瑩馬上瞪了她一眼。

「我從來沒說過要說做《超級大英雄時代》，只是說會負責舞臺音樂。」

藍可儀也低著頭說：「《超級英雄大時代》的規模……太大了，我寫不出來……不過換成其他劇本的話，我可以嘗試寫……」

「嗚……真的不可能嗎？」

「不可能。」

「不可能啦……」

關銀鈴隨即失望地垂下頭，但她馬上又抬起頭來。

「既然這樣，就換劇本吧！但一定要表演話劇！」

「妳們三個……」

「諾天，我也贊成表演話劇。」

游諾天的臉色已經相當難看，一聽到胡靜蘭這句話，他立即抓起眼前的可可，二話不說喝下去。

——好甜！甜到腸胃都要融化了。

「製作人，我們真的做得到，而且這是我們唯一可以成功的表演！」

關銀鈴所言非虛。以現有的人手來說，能夠做的表演其實相當有限，本來最可行的表演是組樂團，但正如許筱瑩所說，要關銀鈴和藍可儀在兩個月內學會樂器並達到上臺表演的水平，根本不可能；另外，單純的跳舞唱歌也是一個選擇，但既要編曲又要排舞，他們事務所沒有這樣的人才。

游諾天又再喝了一口可可，然後沉重地放下杯子。

「我有兩個條件。」

游諾天坐下，抬頭重新望著關銀鈴三人。

「第一，妳們絕對不可以怠慢日常工作，我不會因為遷就嘉年華會而減少一般行程；第二，妳們不可以抱怨辛苦，有誰敢抱怨，我就馬上取消話劇表演的所有安排。這兩個條件，妳們做得到嗎？」

「當然做得到！」

關銀鈴代表三人回答，其餘兩人也跟著點頭。

這樣做真的好嗎？

不，一點也不好，要是稍有差池，不只是嘉年華會，連平常的工作也會搞砸，甚至有人會因此累倒，最終只會得不償失。

但假如她們真的做得到呢？

即使最後嘉年華會表演不成功，只要她們能挺過這一關，肯定會是一個很好的經驗。

成功或失敗，只有一線之差。

「……既然如此，好吧。」游諾天淡然地吐出一口氣，「就讓我看看妳們的決心。」

「好的！」

關銀鈴霍地抓著許筱瑩和藍可儀的手，拉著她們站起來。

「事不宜遲，我們再去會場吧！親眼看過舞臺之後，一定可以寫出最好的劇本！」

◆◎◆◎◆◎◆

因為游諾天還有工作在身，沒有陪同三名女孩前往會場，所以今天帶她們進入會場的人仍然是胡靜蘭。

來到C區場地，看著HT專用的舞臺，許筱瑩不禁皺起眉頭。

「竟然只有這麼小……」

「不對啦，前輩妳陪我上臺看一看，就會知道舞臺是很大的！」

關銀鈴一把抓起許筱瑩的手，許筱瑩立即甩開她。

「嘖，我知道妳想說什麼。妳想說從臺上看下來，舞臺是另一種感覺，如果堆滿觀眾肯定會相當熱鬧，對吧？」

「咦！前輩妳會讀心術嗎？」

「這種簡單的事情，只有白痴才會不知道。」

許筱瑩白了關銀鈴一眼。

「而且只有白痴才會忘記，觀眾都是站在臺下，就像現在我們這樣子仰望舞臺，臺上

有什麼感覺，他們都不會知道。」

「不過——」關銀鈴急了。

「只有這種大小，能夠做的劇目很有限……妳覺得呢？」

許筱瑩不再理會關銀鈴，逕自轉頭詢問藍可儀。藍可儀隨即一驚，但她馬上回過神，認真地看著舞臺。

「這個……我、我們人手有限，頻繁轉換背景是不可能的……要、要把場景限制在五個，不，可能是更少……」

「只有五個場景的故事，演員也只有四個，能夠演什麼？」許筱瑩忍不住皺起眉頭。

「三隻小豬和大野狼……之類的？」藍可儀緊張地說。

「妳的確很適合演肥豬，但這種話劇誰會來看？」

「嗚！我已經……減了三公斤……」

「前輩不可以欺負可儀啦！」關銀鈴立即抱緊藍可儀的肩膀，「不過我也覺得三隻小豬不夠吸引人，至少要演白雪公主或灰姑娘呢。」

「我們要從哪裡找來七個小矮人？」

「可儀用變身的超能力，一人分飾七角？」

「咦！這、這不可能啦……」

許筱瑩眉頭皺得越來越緊，而關銀鈴就像看不到似的，忽然用力擊掌。

「我想到了！寫大航海時代吧！我們三個是可愛的航海家，一路上遇到很多敵人，但憑著愛與勇氣不斷戰勝困難！」

「之後我背叛妳們，把妳們的財寶全部搶走。」許筱瑩點點頭。

「這樣不行啦！一點都不像超級英雄！」

「那麼妳要找誰來當反派？靜蘭姐嗎？」

「靜蘭姐這麼漂亮，不可能是壞人啦！」

「四名演員都是好人，那我們到底要遇到什麼困難啊？」許筱瑩的眉頭幾乎要連成一條直線了。

「那、那個……」藍可儀悄悄舉起手，「不如……演羅密歐與朱麗葉那種浪漫故事？之後更改結局……寫兩人都戰勝宿命，最終共結連理……還得到大家的祝福……」

「這個好！我喜歡戀愛喜劇嗚！」

「一點也不好。」許筱瑩收回打在關銀鈴臉上的手掌，「我們要去哪裡找來那種華麗戲服？而且背景布置要找誰來做？以我們的資源，只能夠做現代劇。」

「嗚……前輩沒有半點夢想……」

「我只是不像妳們這麼天真。」

三名女孩妳一言、我一語，雖然對話內容有點不著邊際，但看著她們沒有因為舞臺太小而洩氣，胡靜蘭不禁笑了起來。

「其實妳們可以找人幫忙啊。」胡靜蘭說。

「咦？可以嗎？」關銀鈴驚喜地說。

「其他事務所也會找人幫忙。不過，我們資金沒有很多，所以請人幫忙之前，要慎重考慮。」

「這樣的話，我們要快點決定劇本，這樣才可以考慮成本！不過……唔，我最不擅長管理成本了。」關銀鈴輕輕嘆氣。

「這種事交給我和諾天吧，我們會想辦法的。」

「如果製作人聽到這句話，肯定會皺起眉頭。」

關銀鈴用手指在眉間擠出皺紋，胡靜蘭和藍可儀都笑了出來，許筱瑩雖然瞪起雙眼，但也輕輕抿著嘴唇。

「總之妳們不用擔心，為妳們籌備工作和善後正是我們的工作。」胡靜蘭放輕聲音，微微笑著說：「諾天雖然經常皺眉頭，但他其實很疼妳們，只要對妳們有好處，他都會奮不顧身去做。」

「靜蘭姐，妳果然和製作人有特殊關係吧？感覺上妳在坦護他啊？」

「我昨天不是說了嗎？我們曾經交往過呢。」

「咦！真的嗎？」藍可儀吃驚地睜大雙眼，「製作人和靜蘭姐……」

「不要被騙！她只是在捉弄我們啦！」關銀鈴朝藍可儀擺擺手。

「嘖，妳們有空談這些八卦話題，不如回來討論劇本。」許筱瑩冷冷地說。

「前輩妳不好奇嗎？這是一探製作人秘密的大好機會！」

「完全沒興趣，浪費時間。」

「不要這樣說嘛，難得我們四個女孩子一起出門，來談談女孩子的話題吧！說起來，前輩妳在ＨＴ待了一整年，也許知道一些內幕？」

「妳是心智未成熟的白痴嗎——」

許筱瑩瞪著關銀鈴，忽然她瞇起雙眼，關銀鈴還未搞清楚是什麼事情，便聽到背後傳來腳步聲。

「哎呀，ＨＴ的兩位，我們又見面了。」

關銀鈴馬上一怔。

來到身後的人，正是一臉微笑的龍一心。

不只是他，在龍一心身後還有三名穿著西裝的男女，他們臉上都沒有戴著面具，走路

的時候一板一眼，似乎不是超級英雄。其中兩名男女露骨地皺起眉頭，唯有一人躲在三人後方，就像在躲避她們的視線。

「妳們真是勤勞，今天也來參觀會場嗎？」

「你——」

關銀鈴正要開口，胡靜蘭率先舉起手阻止她，然後向著龍一心報以微笑。

「龍先生，你也是呢，沒想到今天會再見到你。」

胡靜蘭推著輪椅，慢慢來到龍一心跟前。

「請問這幾位是？」

「他們都是C區的同伴。」

龍一心退開身體，讓三名男女走上前，其中兩人明顯不願意和胡靜蘭交談，但顧及面子，他們還是遞出名片。

「Silver Horn 執行製作人」徐樂佳，「Moon Blade 執行製作人」馬小欣，以及最後快速遞出名片，然後又急著退回去的「Halloween 執行製作人」甘樂書。

胡靜蘭快速翻找記憶，他們分別是排名第七十三、七十五和八十名的事務所。

「你們好，我是ＨＴ的臨時代理胡靜蘭。」

「哼，我知道。」

馬小欣率先回答，一雙往上揚起的丹鳳眼本來已經相當懾人，現在她還故意仰起頭，一臉不屑地盯著胡靜蘭。

「短短三個月就爬上七十一名，真厲害呢。」

「過獎了。」

胡靜蘭平靜回答，馬小欣語氣卻變得更重。

「妳們肯定很不甘心吧？明明只差一名就可以到B區，偏偏要留在這種地方。」

「我不敢說我們沒有失望，但即使是C區，我們要做的事情也是一樣。」

「哈？妳是什麼意思？」馬小欣冷笑一聲，「妳們本來打算在B區辦年度展覽嗎？」

「不是，即使到了B區，我們也會盡力做好表演。」

「……妳這個跛腳妹，昨天沒聽清楚龍一心的建議嗎？」

「等等！」關銀鈴連忙衝上前，「妳在說什麼呀！」

「馬小姐，妳這種話太失禮了。」

在關銀鈴繼續說下去之前，龍一心搶先發話，馬小欣隨即冷哼一聲，但她沒有向胡靜蘭道歉。

「抱歉，馬小姐心直口快，請原諒她。」

「不要緊，我不在意……」

胡靜蘭微微一笑，不過話未說完，她卻抬起頭看著馬小欣。

「……本來我是想這樣說的，但這不是有點奇怪嗎？」

「啊？」

馬小欣露骨地挑起眉頭，胡靜蘭情緒不變，臉上仍然是柔和的微笑。

「馬小姐是一個成年人，既然自己說錯了話，應該由她自己親自道歉，為什麼會是由龍先生你代勞呢？」

「哈？妳是什麼意思？」馬小欣迎上前，狠狠地瞪著胡靜蘭。

「就是字面上的意思。只要妳向我道歉，我可以原諒妳，但我不能接受龍先生這樣代妳道歉。」

「不愧是七十一名，口氣真大呢。」

「這和名次沒有關係，這是一個成年人應有的責任。」

胡靜蘭一字一句都說得堅定，馬小欣盯著她，臉色變得越來越難看。

「假如我拒絕道歉呢？」

「那麼我不能原諒妳，然後我們兩間事務所都會心存芥蒂。」

「……妳是在威脅我嗎？」

「我絕無此意。」胡靜蘭悄悄瞇起雙眼，「但身為一個成年人，因為口不擇言而交上不必要的敵人，對公司造成意料之外的損失，我覺得不值得。」

馬小欣當場感到背後一涼，她隨即咬緊牙關，堅持盯著胡靜蘭。

「嘿，妳不會以為自己真是什麼大人物吧？妳們和我們一樣，只是C區的事務所。」

「我再說一次，這和名次、以及在哪一區都沒有關係。妳要繼續用這種無謂的理由來推脫自己的過失嗎？」

「妳這跛腳女，不要得寸進尺！」

馬小欣幾乎要伸手抓起胡靜蘭的衣領，但在這之前，龍一心率先擋在她的身前。

「馬小姐，請妳道歉吧。」

龍一心忽然如此說道，馬小欣當然大吃一驚，她難以置信地看著龍一心，然後睜大雙眼瞪著他。

「龍一心，你到底是站在哪一邊的？」

「就如妳所說，我們都是C區的同伴，沒必要互相敵對。」

「我和她才不是同伴！」

「而且——」龍一心收起笑容，平靜地盯著馬小欣，「妳的確說了失禮的話，就連我這個外人聽起來也覺得相當難受。所以，請妳道歉。」

就只是這樣。

龍一心沒有進一步的動作，也沒有瞪起雙眼。但馬小欣猝然一陣惡寒，十根手指頭跟著變得僵硬，彷彿要喘不過氣來。

「……對不起。」

當她回神之際，她已經向胡靜蘭低頭道歉，而胡靜蘭沒有食言，爽快原諒了她。

之後馬小欣沒有再說一句話，只是默默待在龍一心身後。

「真的很抱歉，還好胡小姐妳願意原諒她。」

「龍先生，不知道你今天來找我們，是有什麼事嗎？」

也許是沒想到胡靜蘭會直接切入核心，龍一心稍微一怔，但他馬上回復笑容，滿意地點了點頭。

「並非什麼大事，我們只是好奇，為什麼妳們今天會再過來呢？妳們昨天不是已經來參觀了嗎？」

「昨天是參觀，今天則是為了表演來視察場地。」

「原來如此。這樣的話，妳們是真的打算在這裡表演了嗎？」

又是一句稀鬆平常的話，就像是順著胡靜蘭的話自然回應。

「是的，難得有舞臺，我們不想浪費大好機會，想盡全力表演。」

「我可以請教一下嗎？妳們要做的表演……我猜是演唱會之類的？」

「不是，我們要表演話劇。」

胡靜蘭沒有隱瞞，老實說出事務所的計畫，然後一如所料，龍一心的眼神變了。

「話劇啊……」

龍一心點了點頭，同時托起眼鏡。

「的確是一個好主意，我們以前也做過呢……我們不像其他事務所，沒有擅長唱歌跳舞的超級英雄，所以便選擇話劇。不是我們自誇，對於劇本創作，我們有一點點自信。」

「既然這樣，你們也要表演話劇嗎？」

「不是，我們要辦年度展覽。」

「是嗎？這樣的話——」

胡靜蘭話未說完，龍一心接下去說：「作為過來人，讓我再給妳們一些建議吧。」

龍一心拿下眼鏡，眼眸直勾勾地盯著胡靜蘭。

「不要小看嘉年華會，也不要小看話劇。妳們一定是在想，只要努力的話，一定可以在嘉年華會取得成功吧？」

毫無起伏的話，在C區會場悄然迴響。

假如是其他人，也許會屏息靜氣等著他說下去。然而，胡靜蘭只是維持一貫的微笑，

冷靜地回答：「實不相瞞，我們正是有這種想法。」

「不行，這種想法絕對不行。」龍一心也回以一笑，「一齣話劇的花費，遠超妳們的想像，奮不顧身去做，假如失敗了，妳們一定會面臨重大損失。」

「多謝你的提點，但我們已經有心理準備。」

龍一心聽到後，輕輕揚起嘴角。

「真的要一意孤行嗎？與其冒險失敗而失去一切，不如養精蓄銳等待明年奮戰，這樣的話，對妳們也一定有好處——」

「嘖。」

忽然一聲冷哼打斷龍一心的話，不只是他，連胡靜蘭也微微吃驚。之後，龍一心抬起頭，看著站在胡靜蘭身後的許筱瑩。

「哼，簡單來說，你們就是一群害怕連僅有的東西也失去的膽小鬼吧？」許筱瑩板著臉孔，毫不留情地說：「真是夠了，如果你們是來說這種廢話，請你們滾回去。」

「妳是……？」龍一心沒有生氣，只是好奇地歪起頭。

「我沒必要向只會自怨自艾的傢伙報上名字。」

許筱瑩一手抓住胡靜蘭的輪椅把手，轉頭對關銀鈴和藍可儀說：「我聽廢話聽膩了，再聽下去，恐怕我也會變成白痴，回去了。」

「等等！妳這個小女孩，竟然敢口出狂言……」

馬小欣想要抓住許筱瑩的肩膀，但許筱瑩率先轉回頭，冷冷瞪了她一眼。

「別碰我，大嬸。」

「大大大大嬸？」馬小欣氣得臉色漲紅，「妳有膽再說一次！妳這個洗衣板！」

「洗衣板總比大嬸好。」

「妳這個小鬼頭……可惡！我決定了！我才不管社長會說什麼，由今天起，妳們HT就是我們的敵人！」

馬小欣說完後便憤然離去，其餘三人沒有跟著她，而龍一心只是苦笑一聲，然後對胡靜蘭說：「胡小姐，這是認真的嗎？我明白年輕人血氣方剛，做起事來會一頭熱，但妳應該明白我剛才話裡的意思吧？」

「我明白的。」

「既然這樣——」

「多謝你的建議和關心，但我不能認同。」胡靜蘭打斷龍一心的話，「抱歉，我們要先回去了，我們還要商討話劇的事情。」

「……這樣啊？我明白了。在回去之前，讓我再說一句話吧。」

「請說。」

「妳們會後悔的。」

龍一心依然掛著微笑，所以胡靜蘭也掛起同樣的笑容。

「多謝關心。我也有話想對你說。」

「洗耳恭聽。」

「做了後悔，比不做後悔更好。」

第三章

我們每一個決定，都是為了他們著想

「製作人！我們決定要做《超級英雄大時代》！」

關銀鈴衝進事務所，劈頭第一句便如此大叫，游諾天立即把杯子停在半空，呆愣地看著她。

——「我們」是什麼意思？

游諾天以為這是關銀鈴的獨斷獨行，但難得見三名女孩同時進到事務所，而且三人的眼神竟然是同樣認真。

這一刻游諾天在想，自己真的要去睡了，不然連白天都開始作夢了……

——不對，這是現實！

「……昨天在會場又發生了什麼事嗎？」

游諾天轉過頭來，胡靜蘭隨即回以微笑。

「什麼事也沒有。」

「製作人！果然還是那個吧！」

關銀鈴跑到游諾天身邊，霍地把臉靠上去。

「我不知道妳的『那個』是什麼意思。」

「既然要做，就要做到最好！」

兩人的臉幾乎要貼在一起，假如是平日，關銀鈴早就紅著臉猛地跳開，但今天她毫不退讓，一雙大眼睛直盯著游諾天，像是如果他不答應，恐怕她就會一直緊盯下去，直至刺穿他的雙眼為止。

——昨天肯定發生了什麼事情。

「真是的……下次我要跟著去，一定要。」

游諾天推開關銀鈴的臉，然後放下手中的杯子。

「先不說昨天到底發生了什麼事情，但我說得很清楚了吧？以我們現在的人力物力，根本不可能做這種大規模的話劇，而且可儀只是一個劇本新手，我不認為她寫得出來。」

「所以我來幫忙了。」

冷不防一道熟悉的聲音從事務所大門口響起，游諾天一聽，臉色變得更加難看。

「妳這傢伙……」

來人戴著一頂棗紅色的大帽子，穿著棕色的男士西裝和長褲，披著四方格紋路的披肩，手中拿著放大鏡——不，是熱可可才對。

這名女子身上有三種東西是傳統偵探必備的行頭，但她身材矮小，看起來就像是一個在玩偵探遊戲的小男孩，不過她昂首挺胸，表現得自信滿滿，顯然並不在意自己的身高。

她的瞳孔猶如一顆在默默燃燒的寶石，她用這樣的眼睛看著游諾天，輕輕勾起嘴角。

這名女子，正是游諾天和ＨＴ眾人都再熟悉不過的專欄作家赤月。

「難得我願意幫忙，你應該要感激流涕才對吧？感謝的熱可可呢？」

「妳手上不是已經捧著一杯了嗎？」

「可可永遠不嫌多。」

赤月繞過關銀鈴三人，再跟胡靜蘭打招呼之後，毫不猶豫的在游諾天身邊坐下來。

「你在看什麼？適合三至四人表演的劇本……什麼嘛，你不是很支持她們嗎？男性傲嬌一點都不吸引人啊。」

「要妳管。」游諾天白了赤月一眼，然後蓋上筆電螢幕，「妳說要幫忙，但妳有空閒時間嗎？人氣專欄作家都很忙碌吧？先說好，我不會給妳任何報酬。」

「放心，我不會收你錢，因為我欠可儀妹妹一個人情。」

「說起來，我也曾經捨身救妳呢。」

「我記得很清楚，所以打算以身相許。」赤月笑道，然後從口袋中取出鑰匙，「來，這是我家的鑰匙，你隨時可以來夜襲我。」

游諾天一手撥開鑰匙，然後無力地垂下肩膀嘆息。

「妳是認真的嗎？」

「你指哪一件事？隨時夜襲我嗎？是的，我是認真的。」

「我是說幫忙劇本的事情。」游諾天瞪了她一眼，「這種吃力不討好的工作，妳沒必要幫忙吧？」

「坦白說，我是不太想幫忙啦，尤其你們在C區，即使劇本寫得再好，也沒什麼人會過來看吧？不過呢……」

赤月喝了一口熱可可，滿足地吁一口氣。

「昨晚可儀妹妹鼓起極大的勇氣，獨自一人跑來我家找我幫忙……幫助年輕人完成夢想，是我們大人應該做的事情。」

「妳只是在給她們不切實際的希望。」

「幾個月前我也覺得你在做不切實際的事情，但現在結果不是很好嗎？而且你會用盡全力幫助她們，對吧？」

「做不到的事情，我怎樣努力也沒辦法。」

游諾天又再嘆了一口氣，然後盯著關銀鈴說：「我說過妳們可以用盡事務所的資金來做表演，但要做到《超級英雄大時代》那種規模的話劇，不只是幕前，幕後也需要龐大的人力。」

「我知道，我已經想到辦法了！」

關銀鈴雙眼發光，看著這雙眼睛，游諾天忍不住輕皺眉頭。

「我對妳口中的辦法不抱任何期望，但妳也說說看吧。」

「我可以請ＮＣ博物館的朋友來幫忙！」

ＮＣ公立博物館，ＮＣ城中另一間有名的博物館，ＨＴ三名女孩在上一季曾經去博物館幫過忙，由於她們的工作態度認真，而且十分盡心盡力，所以館內的工作人員對她們都抱有好感。

「博物館裡有不少義工，只要提供早午晚三餐，他們會很樂意幫忙。」

免費的人力……不對，是十分便宜的人力。

「不行。」游諾天立即否決。

「為什麼呀！我不是開玩笑，他們真的願意幫忙啦，當然有些時候他們要到另外的地方打工。」

「他們在博物館幫忙的時候，都是做打雜的吧？」

「是的，和我們一樣。」

「那就派不上用場。」游諾天揮了揮手，「我們需要人力，但人力並非越多越好，我們需要的是專業的工作人員。全部外行人，只會人多手腳亂。」

「但要聘請專業人員，事務所的資金就不夠啦！」

「這就是問題所在。」游諾天打開手機，「我們當然請得起專業人員，一般來說要請兩間製作公司，一間負責背景布置和服裝設計，另一間負責舞臺音響和燈光。不過，嘉年華會是高峰期，費用會是平日的兩倍，可能的話，我希望把資金集中在背景布置和舞臺燈光，服裝設計和舞臺音樂都靠我們自己。」

關銀鈴連忙揮著手說：「所以我們才要更多幫手呀！雖然大家都是業餘的，但有些女孩子手很巧，可以幫到我們！」

「反正都是業餘的，我們自己來做更好，即使不用給實際報酬，每天的伙食費也是一項支出。」游諾天再次搖頭。

「但是——」

關銀鈴話未說完，游諾天便接著說下去：「我認同妳的說法，既然要做，就要做到最好，所以我們更加需要專業的工作人員。妳們會找赤月幫忙，也是看上她在文字方面的專業吧？」

「是這樣沒錯……」關銀鈴悄然別過視線。

「話劇的重心是劇本，但是不代表其他地方可以蒙混過關。假如場景布置不能配合劇本，只會突顯我們的不足。」游諾天手指敲著桌面，「但是想要做《超級英雄大時代》，只靠僅僅足夠的人力是不夠的！所以我才要妳們放棄。」

游諾天拿起已經變涼的可可，輕輕喝了一口。

「妳們都忘了最重要的一件事，《超級英雄大時代》和其他話劇不同，它的賣點不是

劇情或場景布置，當然也不是音樂，而是超級英雄。令觀眾著迷的，是五花八門、百花繚亂的超能力。」

「我反對！」關銀鈴不顧一切拍著桌面，「我們的超能力都很好呀！」

「妳不懂『五花八門』的意思嗎？只有妳們三個的超能力，觀眾不會滿足的，他們想看的是更加多元化、更加新奇有趣、更加目不暇給的……」

突然，游諾天停了下來。

這個停頓相當突兀，所有人都疑惑地看著他。但游諾天不當一回事，只是掏出一片巧克力，在指間把玩著。

「不對。」

游諾天突然打開巧克力的包裝，將巧克力叼在口中之後便快速操作筆電。關銀鈴三人都看不到螢幕，不知道他在做什麼。

「製作人，你想到辦法了嗎？」

游諾天沒有回答對方，只是認真地盯著螢幕。赤月也湊上去看，看著看著，她馬上明白過來。

「原來如此。」

「做得到。」

游諾天終於吃下巧克力，然後望向三名女孩。

「告訴我昨天發生了什麼事，越詳細越好。」

游諾天的眼神相當認真，胡靜蘭想了一會，終於把事情說出來。

之後，游諾天立即嘆一口氣。

「……妳這丫頭，雖然妳的賣點是毒舌和臭臉，但妳還真敢替事務所招惹敵人啊？」

聽到許筱瑩和馬小欣的爭執，再聽到龍一心的話，游諾天的眉頭皺得更深了。

「不太樂觀，但可以一試。」

「製作人，你想到什麼辦法啦？」

關銀鈴忍不住把臉湊到螢幕跟前，只見游諾天打開場地的平面圖，除此之外就什麼也沒有了。

「如果我的想法沒錯，我們做得到《超級英雄大時代》……不對，還是做不到，但可以做到有趣的話劇表演。」

「咦！真的嗎？」

「只有我們當然做不到，但妳們看清楚。」

游諾天轉過筆電，把螢幕面對三人。

「這裡是C區。」

他右手食指指向C區，同時左手指著A區。

「這裡是A區。如果就這樣看，C區要比A區小得多。」

「我們都知道啊。」

「但如果這樣看呢？」

忽然游諾天用手掌掩住A區的部分，只露出其中一個大舞臺。

「……咦？」

三名女孩都睜大雙眼，似乎明白了游諾天的意思。

「只要C區聯合起來，占地總面積比A區的大舞臺還大。」

關銀鈴驚訝地說：「難不成製作人你打算……」

「坦白說，我不認為他們會接納我的建議。」游諾天緊盯著螢幕，「但假如成功了，我們不只會得到巨大的舞臺，還可以集合大量資源。」

「不過我們昨天才砸下狠話……」

「所以接下來是我的工作。」

游諾天再吃下一片巧克力，然後從口袋中取出手機。

「而且，也是他們的工作。」

◆◎◆◎◆◎◆

「幸會，我是ＴＧＥ的執行製作人龍一心，前兩天我已經見過你們的臨時代理和旗下英雄，她們都是充滿個性的女孩呢。」

龍一心朝著游諾天伸出右手，游諾天立即握手回應。

「讓你見笑了。我聽說我旗下的超級英雄對你們說了一些不識大體的話，我代替她們向你們道歉。」

「不打緊，我也年輕過，明白她們是怎樣想的。」

現場是八龍餐廳的包廂，除了游諾天和龍一心之外，還有另外八人待在裡頭。見兩人談得熱絡，馬小欣立刻板起臉孔，不悅地哼了一聲。

「龍一心，你別忘記了，你的話不代表我的立場。」

游諾天看著馬小欣，馬小欣隨即站起來，雖然她比游諾天略矮，但仍然一臉趾高氣揚地看著他。

「你手下那位黑髮女孩態度好囂張，膽敢嘲諷前輩，這是你們ＨＴ的教育方針嗎？」

「惡魔槍手她個性較叛逆，經常會做出一些失禮的事情，我已經教訓過她，下次見面的時候，我一定要她向妳道歉。」

「不用了，我無福消受。」馬小欣斷然拒絕，「今天我會應約，只是給龍一心面子。你有什麼話想要說就快點說出來，不要浪費大家的時間。」

「既然這樣，就讓我直接切入正題吧。」

游諾天請龍一心和馬小欣就座。馬小欣不看他一眼，冷哼一聲後便坐回椅子上，而龍一心沒有別開視線，一直饒有趣味地看著他。

「我聽說各位都要辦年度展覽，是嗎？」

「是的，我們的確有這種打算。」龍一心代表回答。

「恕我直言，難得有專屬的表演舞臺，只辦年度展覽，不是有點可惜嗎？」游諾天一邊說，一邊悄悄打量眼前眾人。

其中，他最留意的人正是龍一心。

「的確有點可惜。」龍一心老實點頭，「不過就像我昨天對胡小姐說的，要辦其他表演活動，我們便要承受失敗的風險。」

「這是正常不過的事情，即使是平日工作，我們也有可能失敗。」

「但兩者性質完全不同，游先生你一定知道，我們在嘉年華會的表演都是無償表演，唯一能夠得到的就是市民的掌聲和支持。」

「還有贊助商的青睞。」

「這種機會不是屬於我們的。」

龍一心平靜地反駁，然後他拿出筆電，開啟一個錄影檔案。

「用說的可能不明白，但看過這段錄影，游先生也一定會明白。這是上一屆嘉年華會C區的情況。」

正在播放的錄影檔案並非無聲影片，但是影片中非常安靜，而且人流稀少，每分鐘只有幾個人經過，之後龍一心加快播放速度，情況非但沒有好轉，反而越加惡化。

「然後這是A區的。」

龍一心調低了筆電的喇叭聲音才繼續播放，不用一秒，震天的歡呼便從筆電傳出來，映入眼簾的不是會場的通道，而是擠得密不透風的人山人海。

在人潮前方的是第一事務所EXB的歌劇表演，雖然臺上的聲音都被觀眾的歡呼聲掩蓋，但看著華麗的舞臺和服裝，再看到演員們感情豐富的精湛演技，不難看出這齣歌劇是何等厲害。

「你明白了嗎？」龍一心說：「這就是A區和C區的分別。他們努力表演，會得到相應的回報，但假如我們做出同等級的表演，只是在浪費事務所的資源……雖然以我們的舞臺大小，根本做不到這樣的歌劇。」

「如果做得到呢？」冷不防，游諾天如此說道。

龍一心還未回答，馬小欣便嗤笑出來。

「真不愧是C區的老大，說話還真是有趣。我們會做得到嗎？當然不可能，我們旗下只有幾名超級英雄，要怎樣做到這種複雜的歌劇？」

「我們獨立來做，當然做不到。」

「哈？等等，你該不會想說——」

游諾天搶先打斷馬小欣的話：「只要集合我們C區所有的資源，我們將會得到比他們更大的舞臺，而且也會有更多元化的超級英雄。」

理所當然的提案，理所當然的結論。

正因為太理所當然，所有人都沉默了。

「英管局給我們的資助，如果獨立來用，當然只能夠辦年度展覽，但若是把資金集合起來，這將是一筆可觀的數目。」

游諾天也打開自己的筆電，然後把場地平面圖展示給在場所有人看。

「我們十間事務所聯手合作，分享大家共有的資源，要做出一個比A區更壯觀的舞臺表演，絕對不是無稽的幻想。」

沒有一個人回答，就連龍一心也只是虛掩嘴巴，默默盯著游諾天。

「我不會說聯手合作一定成功，也不可能是事半功倍，事實上我們要處理的事情會變得更多。」

游諾天逐一打開資料夾中的文件，裡面有所有C區十間事務所的資料。

「我們旗下的超級英雄能否聯手合作、資金又該如何分配、劇本和演員的分工比例、舞臺的改裝以及英管局的聯絡等等，要處理這些問題，我們幾乎要連夜工作。」

游諾天稍微停頓，慢慢環視眾人。

「不過，這就是我們的工作。我們的工作不是替事務所節省開支，也不是極力逃避失敗風險，而是以手中擁有的資源，為事務所、為超級英雄們取得最好的成績。所以，你們怎樣想？」

最後游諾天把視線放在龍一心身上。

不只是他，其餘八人都看著龍一心，彷彿他是在場的老大。

龍一心當然也察覺到其他人的視線，不過他的雙眼一直沒有離開過游諾天。

「不錯的建議。」

龍一心開口了。他拿下眼鏡，然後端起茶杯。

「十間事務所聯合起來……真是有趣，我從來沒有這樣想過。如果真的成事，恐怕會是NC史上第一次。」

龍一心晃著茶杯，輕輕喝了一口。

「不過，這麼好的方法，為什麼其他事務所沒有這樣做呢？例如在Ｂ區的事務所，假如他們聯合起來，一定會有更好的效果，但為什麼他們都沒這樣做，而是繼續獨自表演？游先生是一個聰明人，不過我深信其他人都曾經有過類似的想法。」

龍一心放下茶杯，杯子和碟子碰觸的聲音輕輕在包廂響起。

「他們只是不敢嘗試。」游諾天隨即瞇起雙眼。

「不對，因為這是不可行的。」龍一心搖了搖頭。

「攜手合作、一起努力、一起成功……聽起來真的很吸引人。不過，這只是虛無的幻想。能夠取得成功的，只有表現突出的幾間，甚至只有一間事務所，其他人都是陪襯。那麼，為了取得有限的成功名額，大家都會互相競爭，若只是這樣還好，但要是稍有不慎，大家會起內鬨，到時候大家不只得不到甜頭，還要為此負上沉重代價。」

龍一心輕聲嘆了一口氣，接著說：「假如真的變成這樣子，絕對不是我們樂見的。因此，我代表ＴＧＥ拒絕。」

「我也代表ＭＢ拒絕。」馬小欣立即接著說：「要和你們那些性格惡劣的女孩合作，根本不可能。」

「雖然很吸引人，但我也拒絕。」徐樂佳也說：「即使我們聯手合作，Ｃ區的氣氛不是這麼輕易就能夠改變，我們ＳＨ還要應付明年的活動，不可以輕舉妄動。」

「我也是……」

「抱歉，社長不會答應的……」

「我們也不想冒險……」

其他人接二連三跟著拒絕，之後游諾天看著還未表態的三間事務所，他們分別是七十八名的The Cube、七十九名的Gaming Puzzle和八十名的Halloween。

「對不起……」

可惜，他們也是拒絕。

游諾天的建議，被C區各間事務所一致否決。

「游先生，我勸你們也面對現實吧。」

龍一心喝掉剩下的茶，然後站了起來。

「我明白你們的心情，難得有專屬的舞臺，當然要好好利用。不過，這只是一個甜美的陷阱，一開始便接受失敗，和努力之後面對失敗，兩種打擊是完全不同的。她們還很年輕，沒必要讓她們太早夢醒。」

龍一心戴回眼鏡，回復一貫的笑容。

「先告辭了，祝你們好運。」

龍一心率先離開包廂，其他人也跟著離去，而且他們都不像龍一心那樣禮貌道別，有些一臉不屑，有些默不作聲。最後，只剩下游諾天一人待在包廂。

一敗塗地。

就表面來看，游諾天此行完全失敗了。

龍一心剛才的話，游諾天其實早就想過了，而且他也清楚知道聯手合作是多麼困難的一件事，哪怕只有一點點磨擦，整個合作關係都會隨時告吹，所以他在來到之前已經有最壞的打算。

果然，沒有人答應他提出的建議，全部都堅決反對——

這只是表面。

在所有人都離開之後，游諾天仍坐在椅子上，之後他抓起茶杯，一口氣把涼掉的茶喝下去。

——還有機會！

剛才龍一心反駁他的時候，他沒有放過在場所有人的表情變化，像馬小欣和徐樂佳，他們都贊同龍一心的話而頻頻點頭，另外還有兩、三人明顯被龍一心的話說服，也是一臉凝重。

然而，有三個人的表情和其他人不同。

他們都是坐立不安，雙眼極力避開他和龍一心。
也許他們並不認同自己的話，但他們的想法顯然和龍一心不同。
「果然不可能一網打盡，不過……」
游諾天又倒了一杯茶，再一飲而盡。
「第二回合，現在才要開始。」

◆◎◆◎◆◎◆

「阿甘，歡迎回來！」
甘樂書回到Halloween事務所，迎接他的是一名笑容燦爛、但衣著相當獨特的可愛女孩。女孩臉上包著繃帶代替面具，而上半身也是包滿繃帶，然後只穿著一件殘破的皮革外套和已經褪了色的長褲，腳下沒穿鞋子，右腳趾稍微向外彎，似乎有點變形了。
「我回來了。」
甘樂書答得有氣無力，之後他一口氣沉入沙發之中，女孩見狀立即跑到他的身後，替他捶肩按摩。
「阿黑和阿狼呢？」

「阿黑還在睡覺，阿狼因為肚子餓，所以去吃飯了。」

「我出門之前不是才吃過飯嗎？」

「他說那只是前菜呢。」

女孩笑著回答，同時稍微加強手上的力道，甘樂書隨即滿足地吁一口氣。

「剛才你是去會場那邊嗎？」女孩問道。

「不是，是去了其他地方……」

「那個呢，其實我想問一件事。」

「問吧。」

女孩起初有點不安，但最後還是開口了：「我們真的要辦年度展覽嗎？我不是想抱怨，但我們的名次實在有點不妙，在這種時候還繼續舉辦沒有吸引力的年度展覽，好像有點那個……」

「我知道，但沒有辦法啊！事務所的狀況實在不好，靠英管局那點資助，我們只能夠做這種展覽……」

「我們十間事務所聯手合作，分享大家共有的資源，要做出一個比A區更壯觀的舞臺表演，絕對不是無稽的幻想。」

甘樂書一邊回答，一邊回想起游諾天剛才的話。

——不行不行，絕對不行！他雖然說得好聽，但是龍一心也沒說錯，所謂的聯手合作只是理想，真的合作起來，對大家都沒有好處！而且他會提出這個建議，肯定是借合作為名，奪取資源為實，假如貿然答應，只會白白把資源拱手送人。

——但是、假如、萬一、也許，他真的是想聯手合作呢？

——不，應該說，其實以事務所現在的環境，對方又可以奪取什麼？反過來想，假如真的和他們合作了，自己事務所也不需要辦什麼年度展覽。真的，誰會想做這種沒人看的東西？即使C區沒有客人，辦這種展覽真的非常空虛……

「阿甘？」

「啊，沒什麼，在想一點事情。」

「在想什麼呢？難道是小愛真的是一個好女孩之類的？」女孩笑著挺起胸膛說。

「嗯，妳是一個好女孩。」

沒想到甘樂書會順勢稱讚自己，女孩馬上滿臉通紅。然後，她鼓起臉頰，裝作生氣地說：「我要告你職場騷擾啊！」

「我是真心稱讚妳的，可惜妳的超能力不能融入大眾市場。」

「嗚，我也不想的啦！」女孩立即低頭把玩手指，「我也想要可愛一點的超能力，但得到什麼樣超能力，我自己又沒辦法選擇……」

「不對，問題不在你們，假如我更加能幹，我們的業績一定會更好。」

「不要這樣說啦！阿甘你已經好努力好努力了，要不是你拚命找工作，我們已經跌到Ｄ級了。」

「這個嘛……」

甘樂書放鬆力道，讓身體再次沉入沙發之中。

然後，他又想起游諾天剛才的話。

「我們的工作不是替事務所節省開支，也不是極力逃避失敗風險，而是以手中擁有的資源，為事務所、為超級英雄們取得最好的成績。」

游諾天不是在說大話，ＨＴ上一季明明還是處於八十九名，在瀕臨倒閉的邊緣位置，但短短幾個月便升上七十一名，不得不說他真的很能幹。

——至少比自己更能幹。

甘樂書閉起雙眼，輕聲地說：「小愛，問妳一件事。」

「嗯？」

「假如，只是假如……我們有更多資金的話，在嘉年華會上妳想表演什麼？」

「我想表演話劇。」

話劇。真是巧合，他昨天也聽過這兩個字。

從ＨＴ的女孩口中。

「那麼，如果我有方法讓妳去做，但是——」

話未說完，手機忽然響起了，甘樂書馬上拿出手機，然後他不禁僵住身體。

因為打來的不是別人，正是游諾天。

◆◎◆◎◆◎◆

雪湖，位於ＮＣ市區的一間高級甜品店，深受女性和小孩歡迎。

一個大男人要單獨走進瀰漫甜味的空間，除了要有過人的勇氣，還要具備漠視四周驚訝目光的淡然態度。假如游諾天孤身一人，他絕對不會選擇這裡作為碰面地點，但為了接下來的游說，他必須帶上一名女子，正好這名女子嗜甜如命，也是雪湖的尊貴會員。

「今天你請客。」

「限三杯，三杯之後妳自己負責。」

「成交。」

赤月馬上招來服務生，點了一份特大號皇家百匯，還另外要求加入大量杏仁和糖果，價錢立即漲價一成。

「我要加入限制，不可以加入其他配料。」

「已經下單了，下一杯吧。」

游諾天瞪了赤月一眼，赤月卻毫不在意，之後百匯送到眼前，她馬上捧著臉頰，露出幸福的笑容。

「我必須要問，這種東西很好吃嗎？」

「見你請客，我允許你吃一口。來，啊——」

「妳自己吃吧。」

游諾天抓過餐匙，反過來餵給赤月吃。赤月沒有抗拒，吃了一口之後，她的表情馬上要融化了。

「太好吃了，真是人間美味……」

「妳待會不要露出這種白痴樣子，被他們見到，本來成功都要變失敗了。」

「我知道啦，不過……」赤月又吃了一口，發出嬌喘般的輕呼，「他們真會來嗎？」

「一定會。」

距離約定的時間不到五分鐘，店裡仍然沒有任何動靜，偶爾有客人走進店裡，但並非游諾天約定的對象。

然後，時間過了五分鐘。

赤月的甜點已經吃了一半，完全不顧儀態倚靠在游諾天身邊，忽然游諾天頂著她的側腹，輕聲地說：「來了。」

「咦？」

發出驚呼的不是赤月，而是來到桌前的三人。

他們從來沒想過，游諾天不只邀約了自己，還邀請了另外兩人。

「你們好，請坐吧。」

氣氛當場變得有點尷尬，連同甘樂書在內，三人都互相看著彼此，猶豫好一會之後，他們才在游諾天的對面坐下來。

「游先生，這個……」

「不好意思，要你們特地跑一趟。」游諾天率先說道：「先向你們介紹，這位是《英雄 Future》的專欄作家赤月。赤月，這三位分別是 The Cube 製作人樊道行、Gaming Puzzle 的趙萱、以及 Halloween 的甘樂書。」

「你們好。」

赤月點頭問好，三位製作人連忙回禮，同時他們都忍不住內心的驚訝，輪流打量著游諾天和赤月。

「游先生，你邀我們出來……是想談什麼呢？」甘樂書率先問道。

其餘兩人都屏息靜氣，等著游諾天的回答。

「當然是關於合作的事。」游諾天直接回答。

三人馬上繃緊身體，但都沒有吃驚。

「……我們已經拒絕了，不是嗎？」甘樂書說。

「是的，當時你們的確拒絕了，但那是你們的真心話嗎？」

「這個當然是……」

「甘先生、樊先生、趙小姐，讓我們坦誠相對吧。」游諾天平靜地說：「今天下午我提到合作的時候，其他人都一臉不屑，龍一心也只是搖頭苦笑，但你們三人不是。」

「不對。」趙萱連忙說：「我們也是——」

「也是覺得辦年度展覽就好了嗎？」

趙萱頓時語塞。原本她應該要順勢點頭，但看著游諾天堅定的眼神，她卻只能夠別過視線。

「不會的，你們絕對不會這樣想。」游諾天輕輕搖頭，「因為你們和他們不同。對你們來說，辦年度展覽根本有害無利。你們是C區的最後三名，明年能否保持現在的名次根本是未知之數，假如不趁嘉年會吸引客人，明年恐怕會很難過吧。」

「……我們沒有這麼不濟。」樊道行說。

「但也不可能這麼遊刃有餘。恕我直言，現在這種時候放棄表演機會根本是自殺。」

樊道行馬上皺起眉頭，不悅地瞪著游諾天。

「這句話太難聽了。」

「我知道，不過我還是要說，只要還有一絲理智，就不可能對現況妥協，舉辦對事務所毫無助益的年度展覽。」

「是否毫無助益，我們心中有數。」

「既然如此，那就不要自欺欺人。」游諾天直盯著樊道行，「你們至少在超級英雄的世界打滾了兩年，早就知道這圈子沒有這麼好混。你們真的這麼害怕嗎？」

「你在說什麼？我們為什麼要害怕？」

「脫離年度展覽的大家庭，自己不僅要自力更生，更要承受其他事務所給予的壓力和敵意，你們就是在害怕這種事情。」

「荒謬！我們才沒有害怕！」樊道行激動得幾乎要拍打桌面，「我們辦年度展覽不是要迎合其他人，這是我們自己的決定！」

「不可能，你們沒有這麼天真。要是你們真的這樣想，現在又怎麼會來到這裡？」

「這……」樊道行也語塞了，他輕輕咬著牙關，說不出一句反駁的話。

「你們會回應我的邀約，是因為你們都在猶豫——」

「好，先停一停。」

赤月忽然拍起手掌，強硬打斷游諾天的話。游諾天隨即白了她一眼，但赤月沒有理會他，逕自說了下去。

「難得來到雪湖，只談公事太沒情趣了，不說你們這些大男人，趙小姐應該想吃一點香甜柔滑的甜品吧？我推薦這裡的百匯，沒有女性可以抵抗它的魅力。」

「咦？不，我不是太喜歡——」

「麻煩妳！來四客皇家百匯！」赤月舉手叫道，然後對趙萱說：「放心，今天是這傢伙請客，不吃白不吃。」

——我沒有說過這種話吧？

游諾天什麼也沒說，只是用眼神瞪著赤月。

兩分鐘之後，百匯送到四人眼前。

「好了，我們邊吃邊談吧。現在是下班時間，不要板著一張臉，啊，這個是我的。」

眼前明明還有一杯百匯，但赤月老實不客氣，一手抓過放在游諾天身前的百匯，馬上吃了一口。

「唔！真是好吃！」

赤月緊閉雙眼，努力不讓自己的表情融化，甘樂書三人隨即互看一眼，然後輕聲苦笑出來。

氣氛沒有因此變得輕鬆，但三人確實冷靜下來了。

「游先生，我想你誤會了。」

吃了一口百匯，趙萱的表情稍微變得緩和，之後她望著游諾天說：「我不知道另外兩位是怎樣想的，不過我們GP沒有遇上什麼大問題，而且我們早就決定要辦年度展覽，因為明年初有電競大賽，必須要勤加練習。」

Gaming Puzzle，在一百間事務所之中是相當特殊的存在，他們旗下的超級英雄很少出席大型的公開表演，反倒不斷參加電競比賽，而他們的目標也和一般玩家不同，他們總是以超人級的紀錄為目標。每當他們宣布參加某一項比賽，該項比賽的入場人數肯定爆滿，所以很多贊助商都願意贊助他們。

「我們也是。」樊道行接著說：「雖然年度展覽不夠華麗，只能夠讓大家知道我們過去一年的活動，但讓客人重溫我們的努力，我覺得這是必須的。」

The Cube，是NC城內老牌的超級英雄事務所，雖然人氣不高，但在NC幾乎無人不識。他們的表演偏向東洋奇幻風格，擁有一定數量的死忠粉絲，即便很多人都覺得他們跟不上潮流，不過支持者反而認同他們務實的風格，不斷給予支持。

趙萱和樊道行都表明了立場，大家很自然把視線投在還未發言的甘樂書身上，他馬上一驚，然後緊張地吸一口氣。

我們也是——他現在應該要說出這句話才對，但他猶豫了。

「我們……」

大家都看著他。

「我們Halloween也覺得……辦年度展覽就可以了。」把話擠出來的同時，甘樂書用力握緊拳頭，「我們旗下的英雄不適合一般表演，若勉強配合，恐怕會造成他們不必要的負擔。」

Halloween，萬聖節之夜，是兩年前新晉的超級英雄事務所，之所以會採用這種擁有強烈風格的名字，皆因他們旗下的超級英雄都是以「怪異」為賣點——殭屍少女、吸血王子、嚎叫人狼，全都是超能力奇特的超級英雄，出道時曾經掀起熱潮，可惜他們的超能力實在太怪誕，難以配合大眾化的表演，所以他們人氣不斷下滑，最後淪落到C級的邊緣。

「所以，我們不能答應你。」

甘樂書說完之後，馬上避開游諾天的目光，其餘兩人也不再多說，靜靜等著游諾天的回答。

游諾天是在場唯一沒有吃百匯的人，他只是拿起眼前的可可，喝了一口。

「這樣真的好嗎？什麼也不做，然後等待明年到來。」

「我們不是在白白等待，我們也在籌備明年的活動。」樊道行馬上瞪起雙眼。

「樊先生，你們去年也有參加嘉年華會，對嗎？」游諾天忽然如此問道。

樊道行一愣，接著點了點頭。

「是的，連同今年在內，我們已經是第四次參加。」

「去年你們是七十五名。」

樊道行又再一愣。

「……是這樣沒錯。」

「我看過這幾年和近幾季的排名報表，你們最高峰的時期是七十一名，只要再努力一點，你們就可以突破七十。」游諾天輕輕敲著杯子，「然而，每年到了嘉年華會的時期，你們的名次都是不升反跌，最嚴重的一次正是去年，一口氣跌了三個名次，前兩季還跌到七十九，不過最後成功回升。」

「……這只是我工作不力，和嘉年華會沒有關係。」

「你們旗下的超級英雄，紙鶴和百鬼，他們兩兄妹的表演雖然稱不上華麗，但在業界相當出名，只要稍花心思，你們一定可以取得更好的成績。」

「這是——」

不待樊道行回答，游諾天便轉頭看著趙萱。

「至於趙小姐，我有看過你們ＧＰ的比賽錄影，你們真的好厲害，起初我以為你們只是普通的電競選手，但你們卻成功的為遊戲注入新元素，例如自我設限，或者和官方一起合作推出新的遊戲模式。我聽說你們近來有意開發專為超級英雄而設的電玩遊戲，假如成功，一定會很吸引人。」

「這個計畫還未正式進行，要再進一步討論。」聽到稱讚，趙萱的表情更加放鬆了。

「我明白妳為什麼不想和我們合作，但我不明白，為什麼妳不趁這個機會，在嘉年華會上發表你們的設計呢？」

「呃，這個，我們考慮了不同的因素……」

「另外，甘先生，我也觀賞過你們去年萬聖節的表演。」

游諾天最後望向甘樂書，甘樂書隨即睜大雙眼。

「真是出色的表演，結合了恐怖和幽默的元素，不只是小孩子，就連年輕人都看得很高興。尤其是殭屍少女，她的超能力是獨一無二的，我敢說，即使是ＥＸＢ也做不到相同的表演。」

「不，你太過獎了，這不是什麼驚人的表演……」甘樂書趕忙搖頭。

「你們真的甘心就這樣放棄嗎？」

游諾天再一次盯著三人，三人馬上抿緊嘴巴，凝重地回望游諾天。

「明明有能力做得更好，但因為害怕失敗，所以白白放棄這個機會。也許你們已經看淡了，覺得與其失敗收場，還不如隨便搞一個沒有人會評論的活動。不過，各位超級英雄會怎樣想？」

「……他們也同意我們的決定。」甘樂書說。

「因為他們相信我們每一個決定，都是為了他們著想。」游諾天說。

三人當場倒抽一口氣，游諾天馬上加強語氣，說出下一句話。

「他們當然會這樣想，因為我們一直以來都是為了他們而盡心盡力。既然這樣，為什麼偏偏在最重要的時候背叛他們？」

「不是這樣！」樊道行咬緊牙關，「我們是為了保護他們……」

「讓他們不受失敗打擊，這樣真的是為了他們著想嗎？」

「不對！你根本什麼都不知道！」樊道行激動的反駁：「他們是超級英雄，但也是一些孩子，為了人氣而把他們推向明知會失敗的舞臺，這樣只是不負責任！」

「還未試過，怎麼知道一定會失敗？」

「一定會失敗！」樊道行終於忍不住拍打桌面，「你下午也看到龍一心帶過來的錄影了吧？C區根本沒有任何客人，其他人不會在意C區到底有什麼活動，大會也只會宣傳A

區和Ｂ區！」

「所以我才會帶赤月過來。」

「這又怎樣？」樊道行冷笑一聲，「難道要赤月小姐介紹什麼都沒有的Ｃ區嗎？」

「只要我們聯手合作，辦一個盛大的活動，赤月便有題材可寫。」游諾天沒有動搖，反而眼神變得更加堅定。

「我才不會相信！《英雄Future》是ＮＣ最大的超級英雄雜誌，他們不可能會允許旗下作家宣傳荒蕪的Ｃ區——」

「你誤會一件事了。」

赤月忽然開口了，而在她眼前的兩杯百匯，不知何時已經消失無蹤。

「嚴格來說我不是《英雄Future》的員工，所以我寫什麼他們都管不著。他們的確有權利決定是否刊載我的文章，但從第一期開始，我的稿件從來沒有被刷下來。」

「因為妳每次都迎合他們的喜好——」

「不對，是因為我的文章精采有趣。」

赤月說得自信滿滿，樊道行聽到後不禁愣住。

「當然，題材依然重要，假如Ｃ區仍然只是一堆年度展覽，即使我寫得龍飛鳳舞，也寫不出一篇好文章；反過來說，只要Ｃ區有令人驚豔的活動，我一定會令它錦上添花。」

赤紅色的眼眸微笑了，之後赤月舉起手，叫來第三杯百匯。

看著赤月豪邁地吃著第三杯百匯，三人都說不出一句話——並非震懾於她的吃相，而是因為她剛才的話，已經根植在三人心中。

「就算是這樣……」

樊道行正要說下去，但游諾天率先舉起手阻止他。

「今天我要說的都說完了。我知道你們不可能立即給我答案，而無論你們怎樣決定，HT都會表演話劇。」

游諾天也招來服務生，點了第二杯可可。

「所以，我會靜候佳音。」

◆◎◆◎◆◎◆

甘樂書三人回去之後，游諾天和赤月沒有立即離開，他們安靜地坐在座位之上，聆聽著店內柔和的音樂。

然後赤月招來服務生，點了一杯熱可可。

「這杯妳自己負責。」

「做男人不要這麼斤斤計較。那麼，你覺得怎樣？」

「不知道。他們也許會答應，也許會拒絕。」

「會說這種廢話，真不像你。」

「不過，他們肯定動搖了。」

游諾天這樣說著，赤月立即挑起眉頭看著他。

「我有點好奇，假如他們最後還是不答應，你打算怎麼辦？」

「還能夠怎麼辦？」

游諾天喝掉可可，盯著還有褐色殘留的杯底。

「只有拚命上了。」

第四章

請多多指教

「小愛。」

「嗯？」殭屍少女停下掃地的動作，抬起頭望向甘樂書，「怎麼了？」

「妳待會有空嗎？」

「你這句話好奇怪，你應該知道我們的行程吧？」

「對呢，這個……唔……」

「到底怎麼了？」殭屍少女脫下頭巾，走到甘樂書身邊，「昨天回來之後，你的樣子都怪怪的啊？」

「唔，該怎樣說……」甘樂書猶豫了。

——要告訴她嗎？不，沒必要讓她操多餘的心，這是製作人該做的事，他們只要在工作時做好自己的本分就好了。

——不過，昨天的事情一直在腦海中揮之不去。

——接二連三的百匯……不是，不是這件事，雖然這件事也很令人震驚，不過該驚訝的是別的事情。

「小愛妳喜歡吃百匯這種甜品嗎？」

「咦？這個嘛，該說喜歡呢，還是說沒什麼特別感覺？吃的時候會覺得很好吃，但不會一個人去吃。」

「這樣啊……」

自己到底在說什麼呀……甘樂書暗自嘆一口氣。

「阿甘，你有事情瞞著我嗎？」

「不，沒有，當然沒有。」

甘樂書不自覺地避開視線，這種細微的舉動其實難以察覺，但是殭屍少女馬上看了出來，她二話不說，雙手緊緊抓住甘樂書的臉頰。

「哇！妳在幹嗎？」

「望著我的眼睛再說一次。」

「不要鬧了啦！我才沒有——」

殭屍少女猝然把臉靠過來，香甜的氣息——不，一點也不香甜，而且殭屍少女不用呼吸，但只是看著她的眼睛，甘樂書就不禁臉紅心跳。他想要別過臉，可是臉頰被對方緊緊抓住，想逃也逃不了。

「阿甘你有事情瞞著我吧？」

殭屍少女再說一次，同時把臉靠得更近了。

假如甘樂書不顧一切把臉靠上去，肯定可以吻上她。

——好！就這樣做吧……才不行啦！

「不，我真的沒有——」

「阿甘，殭屍是會吃人的啊。」

「妳又不是真正的殭屍。」

「尤其是會說謊的人，殭屍都會把他們大御八塊之後再吃掉他們的腦袋。」

「才不會！殭屍只會見人就吃！」

甘樂書終於推開殭屍少女，然後趁對方未再撲上來，連忙從沙發上站起來。

深呼吸幾次之後，他終於接著說下去：「妳今天要到會場看看嗎？」

「咦？去會場……為什麼？」

「這個……」

明明只是辦年度展覽，為什麼還要特地去會場？殭屍少女這句話就是這樣的意思。

甘樂書當然知道，距離嘉年華會還有兩個月，現在去會場根本無事可做，前一天要不是去辦登記手續，他才不會特地跑一趟，然後不巧地遇上龍一心和其他人……

還有ＨＴ的幾名女孩子。

「反正沒有事要做，去會場看一看吧，親眼看看舞臺也好。」

盯——

殭屍少女沒有回答，只是筆直地盯緊甘樂書。甘樂書又再度逃避視線，他抓起西裝外套，悄然吞了一口口水。

「不去也沒關係，我去去就回來。」

「我要去。」

殭屍少女猛地站起來，一手挽住甘樂書的手臂，不讓他拔腿逃跑。

「要叫上阿黑和阿狼嗎？」

「不用了，真的沒有什麼大事情，只是去看看而已。」

「那我們出發吧。」

殭屍少女一直挽著甘樂書的手臂——嚴格來說應該是架著他的手臂，直至甘樂書坐上駕駛座才放開他。下車之後，她再一次架著對方的手臂，一起走進會場。

◆◎◆◎◆◎◆

果然什麼也沒有。

不，A區和B區其實已經見到有人在準備舞臺了。這是當然的，前五十名的事務所早在年初就已經著手準備嘉年華會，在確認過舞臺的情況之後，他們會立即動手也很正常，畢竟他們又不像C區那樣要辦什麼年度展覽。

所以，看到C區淒冷的景況，殭屍少女一點也不意外。

「咦？那個……」

原來今年B區加大範圍了嗎？但剛才明明見到了C區的標示牌，這裡應該是C區才對。看，標示牌果然在入口處，這裡的確是C區。

既然如此，為什麼會有人在準備舞臺？

「阿甘，他們是……」

「……是HT事務所。」

甘樂書也同樣吃驚，但殭屍少女察覺到甘樂書比她更加吃驚。他彷彿早就知道對方會在這裡。

「他們……不是辦年度展覽嗎？」

「不是，他們打算表演話劇。」

話劇！殭屍少女以為自己聽錯了。在C區表演話劇？真的嗎？

「等等，在這裡表演話劇，明明是——」

「甘先生，午安。」

一道聲音忽然從身後傳來，甘樂書當場嚇了一跳，但當他看到對方是胡靜蘭的時候，不禁安心地呼一口氣。

「胡小姐，午安。」

「你來了呢。請問這位是？」

「啊，她是殭屍少女。殭屍少女，這位是HT的臨時代理胡靜蘭小姐。」

殭屍少女立即點頭打招呼，接著她湊近甘樂書的耳邊說：「阿甘，她剛才說『你來了呢』……你們約好了要見面嗎？」

「呃，不是，這個是……」

「靜蘭姐，讓我去拿就好了嘛！」

突然有一名女孩子跑過來，甘樂書認得她，她正是功夫少女。

關銀鈴來到三人身邊，馬上抱起放在胡靜蘭膝上的紙箱，之後她看到甘樂書和殭屍少女，雙眼隨即閃閃發亮。

「我認得你！你是之前見過面的製作人！你現在來到會場，難道是要答應——」

「不不不！不是這樣的！」甘樂書慌忙打斷關銀鈴的話，「我們只是來看看會場，沒有其他特別的意思！」

「這樣啊……」

關銀鈴明顯失望地垂下肩膀，但她很快便回復笑容。

「沒關係，我們會等你們的！對了，我是功夫少女，請妳多多指教！」

關銀鈴一手捧著紙箱，一手伸向殭屍少女。殭屍少女馬上握起她的手。

「妳好，我是殭屍少女，也要請妳多多指教。」

「真巧呢！我們都是『少女』，說不定將來有機會組成『少女組合』！」

關銀鈴說出不好笑的笑話，殭屍少女只能苦笑回應。她越過關銀鈴的肩膀看過去，看到有一群男女待在舞臺跟前，男的在打量舞臺，女的則抓著布匹和絲帶，你一言我一語地激烈討論。

「你們在作話劇的準備嗎？」

「是的！劇本的大方向已經決定好了，所以馬上來設計舞臺！雖然製作人說這樣子有點操之過急，但難得大家都有時間，就跑過來做準備了！」

「這樣啊……」

「我們先回去了，隨時歡迎你們加入呀！」

關銀鈴說完後便和胡靜蘭一起回去。而聽到她最後那句話，甘樂書連忙掩著半邊臉，狼狽地低叫一聲。

「……阿甘，你應該有話要跟我說吧？」殭屍少女瞇起眼睛，狠狠瞪著甘樂書。

甘樂書又嘆一口氣，然後無力地回答：「我們先回去吧……」

◆◎◆◎◆◎◆

竟然有這種事情！

殭屍少女很憤怒，真的，當她齜牙咧嘴的時候，甘樂書只能躲在事務所的角落。要是在其他時候見到他這樣，殭屍少女都會氣消，不過這次不同。

「這種事情為什麼不早點告訴我！」

「這、這是製作人的工作啊！」

甘樂書說得沒錯，所以她更加憤怒了。

「阿甘是白痴！」

「嗚……你們兩口子吵架，不要累及無辜……」

「我們不是兩口子，你也不是無辜的局外人！」

翌日，殭屍少女抓住吸血王子，強迫他一起前往英博。英管局已經分派了工作證件，現在他們不需要製作人陪同也可以進入會場。

「NC應該要立法不准市民白天上街……」

「不要發神經，不准靠上來，好重！」

吸血王子長得高大，全身上下都被黑色包圍，唯獨臉色異常蒼白，幾乎比一張白紙還要白，他就拖著這樣的身體，一邊低聲呻吟、一邊走路。

「不行，要死了，即使我是古代血族，也不可能在太陽之下生存十分鐘……」

「你不是什麼血族，你只是一個人類，振作一點！我們快到了！」

兩人終於走進會場，陽光被擋在外頭，吸血王子的臉色稍微好轉，但他仍然是暈頭轉向，彷彿隨時都會倒下來。

「我們來這裡幹嗎……」

「我不是說了嗎？我們是來視察的！也許我們可以不辦年度展覽，和其他人一起合作……看那邊！那不是紙鶴和百鬼嗎？」

殭屍少女指著前方不遠處，在那裡果然站著一男一女，他們都穿著東洋和服，而女孩雙眼上綁著一條鮮豔的紅布帶。男孩也發現到殭屍少女和吸血王子，同樣露出吃驚神情。

男孩——紙鶴帶著百鬼走到兩人身邊，之後他壓低聲音說：「你們怎麼也……啊，你們也聽說了嗎？」

「嗯，阿甘……製作人告訴我了。」

「這樣啊……」

紙鶴點了點頭，然後他轉過頭，看著會場的另一邊。

他看著的地方正是HT事務所。今天那裡不只有關銀鈴以及其他工作人員，藍可儀和許筱瑩也來了，許筱瑩似乎正在向藍可儀抱怨，之後她抓起身邊的吉他，快速演奏起來。

激烈緊湊的音樂聲，馬上在會場內響起。

「哇，好厲害……」紙鶴難掩讚嘆的神色，只能虛掩嘴巴，「她彈奏得這麼好……」

「但還是百鬼更加厲害。」百鬼隨即拉著紙鶴的衣袖，嘛起嘴巴說道。

——真厲害。

殭屍少女也有相同的想法。

當然，殭屍少女其實不懂音樂，她只能以外行人的角度來欣賞讚美，但聽著那激烈澎湃、猶如脫韁野馬的音樂，內心深處不禁湧起一陣鼓譟。

「這是……」殭屍少女抓住胸口，用力抓住。

因為自己的特殊能力，所以平時心臟跳動得非常慢，但是此刻她卻有種心臟在怦怦亂跳的錯覺。

——他們找我們合作，說要聯手表演話劇……她們是認真的。

明明身在C區，她們卻真的想要表演話劇，而且即使他們還未答應，她們依然不顧一切勇往直前。

雙方的條件明明是一樣的，不，也許她們的資金比自己較為充裕，但也僅此而已。

萬一失敗的話，明年她們要怎麼辦？

殭屍少女進一步抓緊胸口。心臟好像真的要跳出來了。難不成，她們從來沒想過自己會失敗——

「真是可笑呢。」

冷不防一道聲音從後方響起，殭屍少女嚇得跳起來，轉頭一看，便見到另一對男女站在身後。

「我聽製作人說過了，想不到真的有這種白痴呢，排名快速躍升了，就以為自己是哪裡來的大明星。」灰髮女子露骨地笑著說。

近來天氣漸冷，但女子仍然穿著單薄，只有一件寬大的灰色襯衫，一直遮掩到膝蓋，腳上則只穿著一雙廉價的白鞋，露出一雙纖細的小腿。

「幽子……」

「我真是不明白，為什麼像她們這樣子也會有人支持？背後一定有什麼陰謀。多多，你也是這樣想吧？」

幽子轉頭詢問身邊的高大男孩，高大男孩隨即點了點頭，同時他身後的四條觸手往前一伸，拿出一包洋芋片。

「多多，也是這樣想。」多多一邊吃著洋芋片，一邊回答。

得到他的附和，幽子明顯變得更加高興，嘴角大大地往上勾起。

「真是討厭啊，一想到這種人就在自己身邊，我真的很想吐。殭屍少女你們也是這樣想，對嗎？」

「不，我倒沒有覺得她們很討厭……」

「啊？」幽子隨即瞇起雙眼，盯著殭屍少女，「妳該不會喜歡她們吧？」

「不，我只是覺得她們不像妳說得那麼討厭，也不覺得她們背後有什麼陰謀詭計。」

「希望是我的錯覺，妳好像在袒護她們啊？」

「我不認識她們，所以不會這樣做。」殭屍少女反瞪著幽子，「但是既然我不認識她們，當然也不會對她們有任何偏見。」

「妳是想說幽子我對她們有偏見嗎？」

「妳真的要我老實回答嗎？」

兩名女孩之間的氣氛變得劍拔弩張，她們瞪著彼此，紙鶴見狀立即上前打圓場。

「妳們兩位都冷靜一點，既然我們都不認識她們，沒必要為了這種事情爭吵吧？」

「紙鶴，你又是怎樣想？你覺得她們討厭嗎？」

冷不防幽子把矛頭指過來，紙鶴馬上一愣，然後皺著眉頭說：「我怎樣想不重要吧？」

「不，很重要。」幽子的眼神變得更加冰冷，「我不只聽說了她們要表演話劇的事，也知道合作的事情。」

「……所以呢？」紙鶴當場一怔。

「你們該不會打算和她們合作吧？」

殭屍少女和紙鶴都沉默了。他們沒有別開視線，但同樣沒有回答。這種反應既不是否定，也不是默認。

「我們應該說好了吧？」幽子接著說：「不會標新立異，不會刻意出風頭，只會辦樸實的年度展覽。」

「我們只是口頭答應過……而且也說過可能會改變主意。」

「但你們都沒有反對。」

幽子迫近兩人，冷冷地瞪著他們。

「你們果然是想和她們合作。」

「……我沒有這樣說。」殭屍少女終於忍不住別過臉。

「那你們今天為什麼會過來？」幽子步步進逼，「要辦年度展覽，根本沒必要特地來一趟吧？」

「妳不也來了嗎？」

「我聽說有白痴在C區做白工，所以特地來嘲笑她們，沒想到竟然會遇到你們……你們也是來嘲笑她們的嗎？」

「不是……」

「那你們為什麼會過來？」

殭屍少女被幽子迫得向後退，就在幽子要跟著上前之際，忽然一道黑色身影擋在兩人之間。

「等等……妳不要太過分……」

吸血王子氣若游絲，哪怕只是輕輕一推，他肯定會往後跌倒。不過他長得高大，被他這樣子從上而下俯視，就像被一道黑影籠罩，即使幽子再盛氣凌人，也不禁退後半步。

「我們會過來……」吸血王子虛掩著臉頰說：「只是因為命運的牽引……」

「我沒空聽你的妄想發言。你們會過來，明顯是被她們的花言巧語騙了吧？」幽子瞪起雙眼說：「她們對你們說了什麼？只要合作就會成功嗎？」

「不是……我靈魂深處……沒有此等塵世的記憶……」

「喂，殭屍少女，把妳家的小鬼拖回去！我聽夠這些白痴話了，別以為這樣子就可以騙到我！」

「……不，我沒打算騙妳。」

殭屍少女輕輕推開吸血王子。吸血王子低下頭，悄然瞥她一眼，而她只是回以微笑。

幽子見狀，眼神變得更加銳利。

「那麼老實回答我，你們過來幹嘛？想和她們合作嗎？」

「這和妳有關係嗎？」殭屍少女不再退縮，正面望著幽子。

「當然有關係，我要知道C區到底有多少白痴。」

「也許，白痴的不是她們。」

「……妳是什麼意思？」

「我已經說得很明白了吧？」

「明明只是八十名，只要跌一名連參加資格也沒有的吊車尾竟然敢——」幽子狠狠瞪起雙眼。

「幽子，住口。」

猝然一道低沉的聲音打斷幽子的話，幽子先是一驚，但她很快睜大眼睛，毫不客氣地盯著身後的人。

「影虎，連你也來了啊？」

「製作人在找妳，妳今天還有別的工作，不要在這裡浪費時間。」

「嘖，知道了。」

幽子瞪了影虎一眼，接著她轉回頭，狠狠瞪著殭屍少女。

「我警告你們，不要有什麼蠢念頭，乖乖辦展覽吧。」

幽子說完後便憤然轉身，一直在吃洋芋片的多多立即跟上去。最後，影虎瞥了他們一眼，在沒說一句話的情況下，他也轉身離去。

「她這樣說了。」

幽子離開之後，紙鶴淡然開口，然後轉回頭看著HT事務所。

「嗯……」

「你們怎麼想？」

「我們怎麼想嗎……」

殭屍少女也看著HT等人，她們沒有留意到這邊發生的事情，只是一直做著手邊的工作——許筱瑩在不斷的更換歌曲，藍可儀對著筆記本抱頭苦思，關銀鈴則東奔西跑、不斷幫忙打量舞臺和搬運重物。

只要稍微分心，她們肯定會留意到這邊的事情。

而她們就是如此的專注認真。

「我不知道……這不是我可以決定的事。我會聽阿甘的話，做我該做的事。」

「我們也是。」紙鶴點了點頭，「樊先生決定要做年度展覽，我們便做年度展覽，不過……」

紙鶴看著關銀鈴等人，露出淡淡的微笑。

「她們看起來好快樂呢。」

「嗯……」

殭屍少女也跟著微笑出來，同時她輕輕按著胸口。

嘴巴在笑，但心卻有點痛。

◆◎◆◎◆◎◆

「阿甘是白痴！」

昨天丟下這句話之後，殭屍少女一直沒有回來事務所。

——不，她肯定有回來，不然就解釋不了眼前的咖哩飯是怎樣出現的。不過，一大早吃咖哩飯，對身體好像不太好……

——算了，她還願意替我準備早餐，即是說她雖然生氣，但也能夠理解我為什麼會拒絕游諾天的提案……

——不對，她不應該理解的，她怎可以理解呢？她昨天拉著阿黑前往會場，肯定見到HT的女孩們都在努力，那個時候她到底是怎樣想的呢？覺得她們是白痴、覺得她們在做白工嗎？不可能，絕對不可能。

——她應該感到羨慕吧？

——因為她也是努力的人。

「唉……」

香辣的咖哩在嘴巴散開，真的很好吃。

——小愛真的是一個很好的女孩，不只勤奮工作，而且還家事萬能，如果不是她一直在打掃事務所，只靠我和阿黑、阿狼幾個男人，事務所肯定早就烏煙瘴氣，說不定還有黑色的暗影潛伏，在鬆懈的時候撲出來嚇大家一跳……

想到這，甘樂書又嘆一口氣。

「我到底在做什麼啊？」

Halloween，在其他人眼中只是一間兩年前突然出現的超級英雄事務所，事實上也的確如此。不過，甘樂書和事務所的三位超級英雄的關係可不只有短短兩年——他們四人相識已有十年，小時候一起玩耍、一起憧憬超級英雄，之後大家一起存錢，終於在兩年前存

到足夠的資金合辦事務所。

然後，可說是天公造美，除了甘樂書之外，其餘三人都得到了超能力，而且同樣是怪誕新奇，當下他們立即決定把事務所取名為「Halloween」。

同一時間，甘樂書也下定決心，一定要讓小愛三人成為成功的超級英雄。

「這明明是我要做的事情……」

事務所創辦的第一年，事情其實是很順利的，雖然他們的超能力怪誕，但是也因此吸引了不少支持者，而且難得小愛願意不顧形象，用自己的超能力大玩特玩，所以初期真的好歡樂。

可惜熱潮來得快，去得也快，強烈的衝擊不能一直持續下去。甘樂書不斷對外敲門，希望能夠找到更多不同類型的工作，可惜他們的特點反而成為限制，很多商家都優先找更大眾化的事務所合作，久而久之，他們逐漸無人問津。

名次一直下滑，直到上一季，終於滑落到第八十名。

「不可以再繼續下滑，絕對不可以！」

甘樂書拚了命找尋工作，還好臨近萬聖節，總算找到幾個拍攝宣傳片的工作，本來他們還有機會在萬聖節的時候在遊樂園表演，可惜去年有客人投訴表演太過駭人，因此即使大受好評，今年遊樂園也只好忍痛割愛。

照這種情況下去，名次不可能會好轉的。

要絕地反攻，只有一個方法——在嘉年華會吸引客人。

「不對、不對、不對、不對！」

在嘉年華會吸引客人？做得到當然好，但這只是不切實際的幻想！C區根本沒有人會來，即使《英雄Future》的赤月說會幫忙推薦，最後也一定是慘淡收場。這是一場非生即死的豪賭，如果賭輸了，Halloween將會陷入財政困局，不只名次會大幅下跌，甚至會被迫結業。

「不可以這樣！」

Halloween是他們四人的共同夢想，絕對不可以因為他一時的錯誤決定而害它解散！不過，就算什麼都不做，等著他們的也是沒有希望的末路。

「我到底該怎樣做……」

不斷吃、不斷吃，甘樂書像在逃避什麼似的不斷吃著咖哩飯。

——好香，也好苦，小愛她是為了報復而故意加入一些奇怪的食材嗎？不，她不是這樣壞心眼的女孩子，如果她真的這樣做，肯定會在咖哩飯旁邊附帶紙條，上面會寫著「我加入了超辣的辣椒，辣死你！」。

所以，甘樂書會覺得苦，肯定是別的原因。

例如自己的眼淚混入了咖哩之中。

「我到底該怎樣做啊！」

把咖哩飯一掃而盡之後，甘樂書抱著頭，用盡全力大叫出來。

——不可以讓Halloween解散，絕對不可以！我們十幾年來的努力和夢想，不可以就這樣消失！

突然，手機響起了。

「嗚哇！」

甘樂書不敢接電話，因為他有預感來電者絕對不是善男信女，但對方似乎看穿了他的想法，他一直不接，對方則一直不掛掉電話，終於他忍受不了，毅然抓起手機。

打來的人，果然是此刻甘樂書最不想有任何交集的游諾天。

「游先生，你又想怎樣？」

「我不是打來催促你儘快決定，只是想告訴你一件事。」

「我不想聽。」

「不，你一定要聽。」不待甘樂書回答，游諾天便說下去：「你們的殭屍少女，正在會場和ＴＧＥ的幽子大打出手。」

「你說什麼！」

——小愛和別人大打出手？這是怎麼回事？

甘樂書吃驚地跑下樓梯，本來他要跳上平時接送三人的箱型車，但他駭然想到這樣會趕不及，於是他關上車門，然後把鎖在車庫另一邊的電動機車拖出來。

電動機車無視交通規則，化身成一匹抓狂的野馬在馬路上奔馳，不消十分鐘，他便來到會場。

◆◎◆◎◆◎◆

「放開我！混蛋！」

甘樂書衝進會場，馬上見到殭屍少女拚命大呼小叫，要不是身後有關銀鈴架住她，恐怕她已經撲到前方，和眼前的灰髮女子糾纏扭打。

「殭屍少女！到底發生了什麼事？」

「甘先生，你來得正好。」龍一心靠上前說：「你家的女孩不知怎麼突然襲擊我們的幽子，你可以勸她冷靜一點嗎？」

「抱歉，我馬上阻止她……妳在做什麼啊？」

甘樂書來到殭屍少女的身邊，他極力壓低聲音，不想再給她任何刺激。不料，一看到

他，殭屍少女更加激動了。

「阿甘你這個白痴！白痴白痴白痴！」

「等等！妳到底怎麼了啦？」

「雖然你真的是白痴，但我絕對不容許其他人說你的壞話！」

沒想到殭屍少女會這樣說，甘樂書不禁一愣，然後他轉過頭，看著龍一心說：「龍先生，剛才到底發生了什麼事？」

「我也是剛剛趕到，我家的幽子說，本來她們只是在談話，但殭屍少女突然撲上去咬她，嚇得她哭出來。」

「才不是！是她先嘲諷我們的！」

「幽子哪有這樣做啊？幽子只是在說一些事實而已。」

幽子也被身後的多多架住，要不是龍一心在這裡，她早就生氣地撥開多多。而現在，她瞪大雙眼，無懼地迎接殭屍少女凶狠的目光。

「那才不是事實！我們會排八十名，絕對不是阿甘的錯！」

「等等。」甘樂書連忙打斷殭屍少女的話，「妳們剛才到底談了什麼？」

「我本來是來看ＨＴ她們的工作，之後幽子也來了，她一見到我，馬上質問我怎麼又來到會場，我不想搭理她，但她窮追猛打，我忍不住，說了……」

殭屍少女咬住下唇，沒有繼續說下去。

「說了什麼？」

「我……」

「她說她很羨慕那些白痴，所以才會來看她們。」

「妳不要多嘴！」

殭屍少女霍地大叫，但她還是遲了一步，甘樂書已經清楚聽到幽子的話。

「……妳真的這樣說了嗎？那個，妳羨慕她們……」

「不，我……」

「小愛，妳真的這樣說了嗎？」

甘樂書不顧其他人在場，直接叫出殭屍少女的暱稱。殭屍少女隨即一顫，然後難過地低下頭來。

「嗯……我這樣說了。」

「之後呢？之後妳們談了什麼？」

「之後她說我們都是天真的笨蛋，還說阿甘你竟然會任由我們這樣胡思亂想，證明阿甘你根本沒本事，是三流的製作人……她侮辱我沒關係，但我不能原諒她侮辱你……她知道什麼啊？你明明一直為了我們盡心盡力……我絕對不能原諒她！」

殭屍少女抬起頭，一雙淚眼筆直地望著甘樂書。

看著這種眼神，甘樂書馬上覺得心被緊緊揪住。

「……龍先生，我有一件事要跟你說。」

「請等一等。」龍一心搶先說道：「幽子，妳老實告訴我，妳有沒有這樣說過？說甘先生是三流的製作人。」

「哼，我只是說事實——」

「啪！」

幽子話未說完，龍一心便反手掌摑了她，她當場紅了雙眼。不過，當她見到龍一心冰冷的表情，她不敢多說半句話，只能緊抿嘴唇，默默地低下頭。

「抱歉，幽子竟然說了這麼失禮的話。我們ＴＧＥ事務所絕對沒有看不起你們Halloween 和ＨＴ的意思。我僅代表ＴＧＥ，向你們致上萬分的歉意。」龍一心臉色嚴肅的說著。

「我接受你的道歉。」

「真的很對不起，回去之後，我會再教訓她。」

「不用了，要說有錯，我們的殭屍少女動手也是事實，我代表 Halloween 向你們道歉。」甘樂書表情認真的對龍一心說道。

「請不要這樣說，但既然這樣，我們不要再互相道歉，就讓我們握手言和，之後一起在嘉年華會努力——」

「關於這件事，我決定了。」

龍一心正要伸出右手，忽然甘樂書搶先說道，他馬上瞇起雙眼，認真地打量對方。

「你決定了什麼？」

「我們 Halloween 事務所，不會辦年度展覽。」

甘樂書話一出，會場的氣氛改變了。

所有人都知道他接下來要說什麼，所以大家的態度也跟著氣氛改變。

游諾天在心中暗自叫好，殭屍少女驚喜地睜大雙眼，而龍一心則板起臉孔，默默盯著甘樂書。

「我們會和ＨＴ事務所聯手合作，在嘉年華會上表演話劇。」

「阿甘……」

「……甘先生，你知道自己在說什麼嗎？」龍一心用力深呼吸，然後拿下眼鏡，「我明白你們急於上位的心情，但是你有沒有想清楚，你這樣做只是把旗下的超級英雄們推入險境。」

「不是！阿甘他——」

甘樂書倏地打斷殭屍少女的話：「坦白說，我不知道自己的這個決定是否正確，也不否認我是急於上位。」

龍一心隨即瞇起雙眼：「既然這樣，你為什麼還要這樣做？」

「因為他們相信我，我也相信他們。」

甘樂書握起殭屍少女的右手，用力地、緊緊地握住。

「我想保護他們，也想保護我們的事務所，但我更加希望他們能夠挺起胸膛，告訴大家他們是一個超級英雄！這才是我們製作人應該做的事！」

甘樂書全身都在顫抖。到底是害怕，抑或是興奮呢？他說不出來，他只知道說出這句話之後，身體就像被火焰燃燒一般，全身上下都在滾燙。

隨即，甘樂書轉身看向游諾天。

「游先生，請你多多指教！」

◆◎◆◎◆◎◆

Halloween和ＨＴ聯手合作的消息，馬上傳遍整個Ｃ區。

更加驚人的消息緊接而來。

「游先生，我們也決定和你們合作。」

同日下午，樊道行和趙萱都傳了相同的簡訊給游諾天。四間事務所聯手合作，這件事不只令C區譁然，A區和B區也略有耳聞，吃驚的事務所不在少數。

然而，這只是暴風雨的前夕。

游諾天人在會場的餐廳，正獨自吃著遲來的晚餐，忽然龍一心走了進來，他沒有拿著托盤，只是在游諾天對面坐下來。

「游先生，你真有一手。」

「你在說什麼？」游諾天停下手邊的動作，抬起頭看著龍一心。

「不要裝傻扮啞了，你從第一天開始就沒想過要拉攏我們全部人，那一天你會把我們叫出來，是要篩選拉攏的對象。」

「你想多了，假如你們全部都願意合作，我會更加高興。」

「不對，那一天我也察覺得到，不只是甘先生，樊先生和趙小姐都不認同我的觀點，他們只是礙於其他人都一致反對，所以才勉為其難拒絕你……」龍一心笑了一笑，「你之後有再游說他們，對嗎？」

「我只是和他們談了一下，之後的事，是他們自己的決定。」

「既然你要否認到底，我也不勉強你……不過你還是棋差一著。」

游諾天隨即瞇起雙眼。

然後，他平靜地看著龍一心。

「你似乎知道我想說什麼呢。」龍一心神態自若，笑了一笑。

「……果然是這樣。」

游諾天放下筷子，然後拿起手邊的可可。

「聯手合作不是你們的專利。」

「你會一臉得意地走進來，我沒猜錯的話，『他們』全部答應了吧。」

「游先生，是你逼我們的。」龍一心終於收起笑容，「你們擺明來搗亂C區的安寧，我們不會坐以待斃。」

「四對六，在人數上你們擁有優勢。」

「我們在任何一方面都擁有優勢。」龍一心靠前身體，雙眼冷冷地盯著游諾天，「我會讓你打從心底後悔，為什麼當初不聽從我的建議。」

說完之後，龍一心頭也不回拂袖而去。

翌日，TGE正式向外宣布，他們和C區剩餘的五間事務所攜手合作，在嘉年華會上表演話劇《大探險家》。

第五章

我們的表演只有一個目的

「影虎，放棄吧，汝所前進的道路，並無汝等追尋的東西。」

「即使如此，我也絕不放棄。」

「放棄並非懦夫所為，而是智者的勇氣。汝等理想不應在此幻滅，汝等理想，應當在光明之下羽化成蝶。」

「休想迷惑我。我知道，我們前進的道路，乃是實現夢想的希望之路。」

「無須騙你，亦無意騙你。神會讚頌努力者，神會支持努力者，但汝等路上只有悲傷和痛苦，這絕非神為汝等指引的道路。」

「神不會為我們指引道路，我們所經之處，都是我們意志之所在。」

「認清現實，回頭是岸，汝等同伴的犧牲，並非為滿足汝一己之私。」

「我不會受你迷惑，我和同伴們之間的羈絆，豈是你區區陰影所能明白？」

「吾乃汝之化身，汝內心真實的想法。汝敢說沒有一絲迷茫、一絲疑惑？」

「我每一天、每一刻都在迷茫，都在疑惑，大家為我犧牲的時候，我更加悲痛欲絕，只求犧牲的是我。」

「既然如此，為何不放棄？」

「因為這是我們的承諾！」

慷慨激昂的臺詞，從電視機中轟然響起，HT事務所內眾人都屏息靜氣，專注地看著劇情發展。

最後，影虎和黑影戰鬥，在幾經掙扎之下，影虎終於打倒內心的迷惑，成功取得藏在島上的神仙藥，之後帶著它回到國家，完成同伴們的遺志。

「果然很好看！」

關銀鈴激動拍掌，之後她抓起遙控器，又一次觀看影虎和黑影的對峙場面。

「影虎先生真的好厲害！那個黑影就是他的超能力，他竟然可以用截然不同的語調和演技來扮成另一人，太厲害了！」

「不只是這樣，劇本也充分考慮到他的超能力，所以才會以他為主角，把一個外在的冒險故事，寫成內心的拚命掙扎。」游諾天接著說。

「所以《大探險家》真的很好看！公演的時候我去現場看過，當時我感動得要哭出來了！嗚，其實我現在也有點想哭啦！」

「等等，他們公演的時候？」游諾天稍微一怔，「那天也是EXB《十二騎士》的公演日，我還以為妳一定會去看那邊的表演。」

「EXB的門票太貴了，而且太多人搶購，根本買不到呀。」關銀鈴嘆著氣說。

「也就是說，妳會去看《大探險家》，是因為買不到EXB的門票吧？」

「但我真的去了看《大探險家》，而且也真的哭出來了呀！」關銀鈴倏地漲紅了臉，拚命解釋：「我那時候就在想，將來當上超級英雄後，也要演出一齣令人感動的話劇！」

游諾天沒有揶揄她，只是輕輕點頭。

「的確，《大探險家》是一齣精采的話劇，在業界也深有好評。然而，這也說明了一件事。」

「只要努力，一定會有回報？」

「不對。」游諾天冷靜地說：「《大探險家》得到業界好評，ＴＧＥ也曾經因為它而升上第六十一名，可惜僅此而已。」

游諾天喝了一口可可，然後輕聲嘆息。

「超級英雄業界比想像中更加嚴苛。要取得成功，必須要做出比《大探險家》更加優秀、更加引人入勝的作品。」

游諾天說出這句話之後，在場有一個人馬上驚呼出來，所有人立即望著她，她當場更加驚慌了。

「這、這個……」

「可儀，劇本寫得怎樣？」游諾天認真地問。

「方向已經定好了，但是……」

「寫不出來嗎？」

「不、不是……我已經寫了大綱，也給赤月小姐看過……」

「她不滿意？」

「她說不好看……」

藍可儀把身體縮得更小，但游諾天沒有因此心軟，反而向她伸出右手。

「給我看看。」

「那個……我還在修改……」

「赤月的文字功力不容置疑，但是我在舞臺上的經驗比她豐富，可以給妳不同角度的意見。」

「但是……」

「也給我看看。」許筱瑩插嘴：「我要知道劇本大綱，才有辦法決定音樂的風格。」

「我也想看！舞臺的叔叔都想知道我們需要怎樣的背景和道具呢。」

「那、那麼……這真的只是大綱……」

在三人的催促之下，藍可儀只好遞出劇本，游諾天率先接過。讀過之後，他的眉頭稍微皺起。

「妳們來看。」

游諾天把劇本交給許筱瑩和關銀鈴。許筱瑩一看完，眉頭當場緊皺，不太滿意地低吟一聲，而關銀鈴則興奮地說：「啊，主角是以我為藍本吧！」

雖然關銀鈴神情雀躍，但見游諾天和許筱瑩都皺起眉頭，藍可儀不禁緊張地說：「是的……女主角是以小鈴為藍本，我打算寫一個勵志的冒險故事……」

「如果是幾年前，這種設定還可以，不過現在的觀眾已經不吃這一套。」游諾天搖了搖頭，「就設定來看，這個女主角太無敵了，她根本不會遇到真正的困難，任何難關她都可以迎刃而解，這樣子觀眾不會替她擔心、替她著急，更不用說代入感了。」

「嘻嘻，我沒有這麼厲害啦！」

關銀鈴搔著臉頰，游諾天立即白了她一眼。

「我不是在稱讚妳。如果是實戰，妳的超能力真的很厲害，但是就表演和視覺效果來說，一點都不吸引人。」

「才沒有這麼差吧！」

「就是有這麼差。」游諾天冷哼一聲，「若是換成我來寫劇本，我會考慮以筱瑩來當主角，她的超能力就受歡迎多了。」

「我也考慮過……但前輩要負責音樂，能夠參加排練的時間比我們少……」藍可儀的肩膀當場縮得更小了。

「我只是舉個例子。如果真的以筱瑩為主角，題材一定會很黑暗，不適合在嘉年華會上表演。」

「嘖，這是什麼意思？」

許筱瑩馬上抱怨，游諾天只是聳了聳肩，繼續對藍可儀說：「說到題材，妳現在的大綱也不行。女主角因為憧憬超級英雄而決心當上超級英雄……要記住，現在的超級英雄不是稀有的存在，雖然人數不多，但只要我們打開電視機，又或隨便走在街上，一定會見到超級英雄的身影。所以，沒有人會想再看這類立志當上超級英雄的故事。」

「嗯……赤月小姐也說過相同的話……」

「妳先休息一晚，再好好想清楚。」游諾天把稿子還給藍可儀，放輕聲音說：「我不想催促妳，但妳最遲下星期一定要交出劇本，不然我們會來不及排練和製作道具。」

「嗯，我知道……」

「今天妳們不要去會場，各自回家好好休息一天，我去 Halloween 那邊和他們談合作細節。」

游諾天說完後便離開了。

事務所裡剩下三名女孩子，藍可儀緊抱稿件，不安地盯著桌面。

「抱歉……我寫得這麼差……」

「不用道歉啦！而且也不是這麼差，只是可以寫得更好，我相信可儀做得到的！」

「嗯……」

關銀鈴的安慰起不了任何作用，藍可儀仍然盯著桌面。看到後輩這種樣子，許筱瑩眉頭一皺，露骨地嘆一口氣。

「如果妳覺得寫不出來，現在就把話說清楚，不要浪費大家時間。」

「不……我……」藍可儀連忙抬起頭。

「等等，前輩妳不要這樣說，可儀只是需要一點時間啦！」

「我不是在開玩笑。」

許筱瑩瞪著關銀鈴，爽快的站了起來。

「製作人說『最遲是下星期』，這只是委婉的說法。妳聽清楚，我們不是『還有』兩個月，是『只剩』下兩個月。ＴＧＥ他們已經準備就緒，隨時都可以排練，遇到有問題的地方可以立即修改；但我們什麼也沒有，萬一之後排練時才發現問題，一切都太遲了。」

許筱瑩雙眼一瞪，藍可儀便畏怯地別開視線。

「對不起……」

「嘖，是妳自己提出要寫劇本，當時我真的期待過，但我也許錯了。」

許筱瑩丟下這句話後便離開事務所，關銀鈴想叫住她，卻被藍可儀阻止。

「可儀，妳不要太在意，前輩一直都是這樣子，嘴巴很毒，不過她只是在心急，她也很期待妳的劇本呢！」

「嗯……」

藍可儀點了點頭，之後她抱著劇本站起來。

「那個……我先回去了，我們的確沒什麼時間……」

「但是製作人要妳先休息一晚啊？」

「沒問題的，我會休息一會……之後再繼續想……」

「真的嗎？」

「真的啦，那麼……我先走了。」

藍可儀就像要逃走似的快步離開，關銀鈴叫也叫不住，只能看著她的背影遠去。

◆◎◆◎◆◎◆

「嗚，什麼都想不到……」

回家之後，藍可儀沒有休息，她馬上坐在桌子跟前，對著稿子抱頭呻吟。

「那個……劇本的話，我可以寫……」

——為什麼自己會說出這樣的話呢？自己又是憑什麼覺得自己寫得出來？才看過幾本書，就以為自己真的寫得出故事……

——天真、天真、太天真了！

把身邊的人和事當成題材，妳也可以寫出好故事！

只要內心有想說的話，誰都寫得出好故事！

只要有衝突、有矛盾，好故事就會自然浮現出來！

——才沒有這麼簡單啦！

藍可儀以前看過的寫作教學書籍，全部都把寫作說得好簡單，幾乎全部都說「你不能寫作，並非你沒有才能，只是你不夠努力」……

——不是，絕對不是！如果真的是這麼簡單，我為什麼寫不出來啊？

「嗚嗚……」

——要怎樣修改才好呢？

抱頭慘叫好一陣子之後，藍可儀再次抬起頭來，專注地盯著稿件。

雖然這只是大綱，但不只是赤月，連游諾天、許筱瑩、甚至是關銀鈴都覺得不夠好，

而且她自己也是，看過《大探險家》之後，她便知道自己的大綱有多糟，要是把這種故事

放上舞臺，只會貽笑大方。

——一定要修改！

——首先要從角色開始……

藍可儀把鏡子放在眼前，全神貫注地盯著它。她上半邊臉都被瀏海遮住了，根本不能好好看清楚，不過就這樣子盯著自己便令她害羞不已，所以她連忙深呼吸，然後把瀏海往上一撥，露出稚嫩的娃娃臉。

接著，她使用了超能力。

在短短一秒之間，她的五官和體型便大幅變化，本來圓潤的臉頰變成一張精緻的臉孔，眼神雖然仍透露著不安，卻精神十足地看著前方，而最顯眼的莫過於閃閃發亮的大額頭，在小小的鏡子上，它充分表現出自己的存在感。

這正是關銀鈴的臉孔。

「唔……這就是小鈴的臉……」

藍可儀輕輕抓著胸前的衣領，同時把臉貼近鏡子仔細端詳。她真的很喜歡關銀鈴一直無憂無慮的笑臉，也很喜歡對方勇往直前的性格，所以動筆寫劇本的時候，她很自然就把關銀鈴寫成主角。

不過，現在仔細看著，的確是差了一點點……

「唔……」

藍可儀再次使用超能力。這一次，她變成一張鵝蛋形的細臉，一雙丹鳳眼往上勾起，細薄的嘴唇抿成一直線，就像在瞪人似的看著前方。

毋庸置疑，這是許筱瑩的臉。

「前輩的樣子……果然好凶呢……」

藍可儀抓著變得更寬鬆的衣領，小聲地說著。她並不討厭許筱瑩，甚至覺得對方是一位值得尊敬而且帥氣的前輩，可是每次對上對方的眼睛，她總是會不由自主移開目光——現在的她也一樣不敢正眼望著鏡子，只敢抬起眼睛偷偷看。

這種凶惡的樣子，果然不適合嘉年華會歡樂的氣氛。

「嗚啊啊……想不到……」

藍可儀變回自己的樣子，抱著頭苦叫。

「叮噹！」

忽然門鈴響起，藍可儀馬上抬起頭來，然後看著時鐘。現在是下午三點十三分，這種時間，媽媽還在上班才對啊？

「……來了。」

藍可儀疑惑地打開門。

「登登登！我來玩了呀，還帶了禮物！」

關銀鈴的笑臉和大額頭霍地映入眼簾，藍可儀不禁一怔，難以置信地眨著眼睛。

「咦？小鈴？妳怎麼會……」

「大家都回去了，我一個人待在事務所很悶很無聊，所以就來找妳玩了！」關銀鈴笑著說：「我也邀請過前輩，但她拒絕了。」

「不過，我在寫稿……」藍可儀嘗試回以一笑，可是她最後只能悄然低下頭。

「妳果然沒有休息呢。」

「呃！不，這是……」

「真的不可以嗎？這是赤月小姐推薦的雪湖蛋糕，很好吃的啊！吃完之後，一定會想到好故事的！」

「我……其實在減肥啦……」藍可儀尷尬地說著，但她也不再拒絕，退開身體讓關銀鈴進來。

「妳家人在家嗎？」

「不，媽媽還在工作……來我房間好嗎？雖然有點亂……」

「哈！放心，不是我自誇，假如NC有混亂房間的比賽，我認第二，絕對沒有人敢認

第一！」

藍可儀被逗得笑出來，之後她領著關銀鈴走進房間。

「嗚哇，好多書！」關銀鈴霍地大叫。

書、書、書、全都是書！雖然書本沒有散落一地，但堆疊整齊的書本幾乎要擠滿整個房間，書櫃不在話下，連地板、桌面、甚至是床鋪上也是，用力深呼吸的話，肯定可以聞到一陣書香氣息。

「其實還有一些放在客廳……都要被媽媽罵了呢……」藍可儀微笑著說。

「好厲害！這些妳全部都看完了嗎？」關銀鈴環看著書架說。

「全部都看過了……可惜沒有時間重讀……」

「嗚哇，我突然覺得自己是一個不學無術的小笨蛋。」關銀鈴搖頭說著。

「不會啦……」藍可儀慌忙揮著手，「大部分都是小說，太深奧的我也看不懂……」

「這已經很厲害了！如果我待在這房間，肯定十分鐘就會睡著了！」

「我反而會因為看書而忘了睡覺呢。」

藍可儀笑著回答，但她表情忽然一沉，淡然嘆一口氣，「不過我看過這麼多書，還是寫不出好故事——」

「好，停！」

「哇！」

關銀鈴猝然在藍可儀眼前用力擊掌，嚇得她當場跳起，之後不待她反應，關銀鈴便抓起她的雙手。

「我決定了！」

「咦？決定了什麼？」

「今天我要綁架可儀！」

「咦？咦咦？等等，妳、妳在說什麼——」

「就是這個意思。」

關銀鈴笑著握緊藍可儀的手，牢牢地十指緊扣。

「今天一整天，妳的人和妳的身體都是我的。走吧！」

「咦？等等！我待會還要……不！蛋糕不要留在房間，蟲子會飛進來的！」

「異議駁回！不接受任何意見，跟我來就是了！」

關銀鈴不顧藍可儀的反對，強硬的把她拖出房間，藍可儀慌忙叫道：「正義的超級英雄不會做什麼綁架啦！」

「沒錯！所以我現在不是正義的功夫少女，只是任性可愛的關銀鈴！」

「至少讓我穿上鞋子吧！」

「我會抱著妳，鞋子是不需要的！」

「不要！哇！等等，我不會逃跑，真的！讓我穿上鞋子啦！」

◆◎◆◎◆◎◆

「小鈴妳太亂來啦……」

在關銀鈴的脅持之下，兩人來到雪湖總店，關銀鈴點了一杯皇家百滙，藍可儀則以減肥為名，只點了一杯咖啡。

「這都是妳的錯！」關銀鈴霍地指著藍可儀的鼻子，「明明我是來找妳玩的，但妳卻提起工作的事！為了從工作的魔掌之中救妳出來，我只好來當壞人了！」

「但只剩下一星期……」

「再提起工作的事，我會把這杯百滙塞進妳的嘴巴，讓妳變成肥妹哦！」

關銀鈴把餐匙遞到藍可儀眼前，藍可儀馬上嚇得退開身體。

「嗚！不要，我好不容易才減了三公斤……」

「那就不准再提劇本的事。」

「但是——」

「來，啊——」

「嗚！不要！」

藍可儀慌忙掩住嘴巴，關銀鈴隨即一笑，然後把一匙百匯送進自己的嘴巴。

「妳太緊張了，工作要緊，但一直埋頭苦幹也不是辦法呀！」

「是我自己提出要寫的……」

「我沒有寫作過，所以不知道有多困難，不過製作人叫妳先休息一晚，妳就聽他的話吧？」關銀鈴一邊吃第二口百匯、一邊說。

「製作人是這樣說……但他也想我早點寫完，我不可以辜負他的期待……」

「製作人不會說謊的！他說最遲下星期一，就真的會等到下星期一。」

「就算是這樣，我完全想不到要怎樣修改……」

話題又回到劇本，當下關銀鈴真的想把百匯塞進藍可儀的嘴巴裡，但見她苦惱地低下頭，一臉泫然欲泣，馬上打消了念頭。

「今天早上看過《大探險家》，劇本真的寫得好出色……影虎先生也演得很好，假如我想不到更好的劇本……根本不可能贏過他們……」

「唔……」

「我是一個新手，不可能寫得比他們更好的……」藍可儀把頭垂得更低，「我只是看

過幾本書，連話劇都沒怎麼看過……這樣的我竟然想著要贏過他們，太不自量力了……」

「那個，我可以說一件事嗎？」

關銀鈴忽然舉起手，藍可儀馬上抬起頭，疑惑地看著她。

「可以啊……」

「妳好像想錯一件事了。」

「……想錯了？」

藍可儀眨了眨眼，關銀鈴則輕輕點頭。

「我們的確是在和ＴＧＥ他們競爭，但是呢，我們的目標不是要打倒他們、把他們的客人都搶過來呀。」

「咦？不過……」

「可儀，製作人說過我們要做出比《大探險家》更好的作品，但是他從來沒說過要打倒ＴＧＥ。該怎樣說呢……」關銀鈴沉吟了一會，忽然靈機一動，用力擊掌，「對了！就像靜蘭姐之前跟我說的，我們只要用心去做就可以了！」

「用心去做？」

「對！用心去做。」

關銀鈴坐到藍可儀身邊，把手放在她的胸口之上。

「哇啊！小鈴妳——」

藍可儀被她突然的舉動嚇得臉紅耳赤。關銀鈴只是微微一笑，然後抓起藍可儀的手，把它放在自己的胸口之上。

「只要用心去做，大家都會感受到我們的熱情！」

藍可儀依然臉紅，心跳也越來越快，不過她沒有推開關銀鈴，只是屏住呼吸，默默地感受掌中的脈動。

「我們不需要打倒ＴＧＥ他們。我們要做的，是給客人帶來快樂和歡笑，以及勇氣與希望！」

「不需要打倒他們……」藍可儀倏地睜大雙眼。

「是的！超級英雄世界是嚴苛的世界，但絕對不需要鬥個你死我活，我們雙方都拿出最好的東西，讓客人感到滿足，這才是我們該做的事！」

關銀鈴收回雙手，對藍可儀輕輕一笑。

「所以不要想著要打倒他們，抱著這種想法，妳會很痛苦的。」

「就算是這樣，我還是想不到該怎樣修改……我想寫小鈴妳的故事，但是大家都說不好看……」藍可儀本來想要附和點頭，但是她馬上垂下眼簾。

「關於這個……」關銀鈴歪著頭說：「其實不一定要我來當主角呀。」

「咦？」

藍可儀又吃了一驚，她連續眨了好幾次眼睛，好一會都說不出話。

「但前輩沒空排練，我也要隨時監修劇本……」

「現在不只有我們，還有其他三間事務所一起表演，他們來當主角也可以啊。」

關銀鈴一臉理所當然的模樣，而藍可儀卻被嚇得不知所措，她慌亂地揮著手，壓低聲音說：「不、不可能啦……製作人不會答應的。」

「為什麼？」這次換關銀鈴眨了眨眼。

「因為，製作人會拉攏其他人合作……不是想要取得成功嗎？在話劇之中，最搶眼的一定是主角……要是讓其他人來當主角的話，不就是把功勞讓給其他人……」

藍可儀的聲音越來越輕，關銀鈴聽著，眉頭悄然皺了起來。

「可儀，給我咬緊牙關。」

「咦？等、等等——嗚！」

關銀鈴一記彈指直中藍可儀的眉心，痛得她慘叫出來。

「我不知道製作人是怎樣想，但妳不可以這樣想呀！」關銀鈴凜然地說：「當然，我也想當主角，但是我們會聯手合作，不只是為了自己！他們也是抱著一定的覺悟，才會答應我們的提案！」

「不過……」

「妳就是一直想著這種無謂事情，所以才會寫不出來啦！真是的，我要懲罰妳，妳做好覺悟吧！」

關銀鈴高舉起手，把服務生招過來。

「等、等等！我只是說出我的想法啦！」

「駁回！麻煩妳，再來一客皇家百匯！」

「只、只有這個不行！真的不行！」藍可儀急得要哭出來了，「製作人要我再減掉兩公斤啊！」

「妳現在需要補充糖分！吃完之後，妳一定會想到故事的！」

「才不會啦！」

藍可儀拚命掙扎，但最後還是敵不過關銀鈴的堅持，而且當她吃過第一口百匯之後，她的表情當場融化，接著就像著了魔似的，一口接著一口吃下去。

之後，她重了一公斤……這是後話了。

◆◎◆◎◆◎◆

「要記住，我們的表演只有一個目的，就是要讓客人看得開心！其他一切都不重要！」

這是關銀鈴回去之前所說的最後一句話。

藍可儀一直想著這句話，同時盯著放在眼前的劇本大綱。然後她抓起手機，撥了一通電話。

「怎麼了？」

對方馬上接起電話。聽到這個聲音，藍可儀立即緊張起來，她用力深呼吸，慢慢把話說出來。

「製作人……請問你有Halloween、ＴＣ和ＧＰ他們的表演錄影嗎？」

游諾天稍微停頓一下，問道：「妳想看嗎？」

「是的。」

「事務所有，明天我給妳吧。」

「那個……我可以現在過去拿嗎？」

「現在？已經是十點了啊。」游諾天想了想，「妳有什麼新想法嗎？」

「是的……但我必須要看過他們的表演，才能夠下決定……」

「現在太晚了，妳過來事務所，再回到家就差不多是十二點，我不放心讓妳一個人這麼晚回家。」

「也是呢……抱歉提出這麼任性的要求……」藍可儀馬上垂下眼。

「不過，如果妳待在事務所留宿，我可以讓妳現在過來。」

冷不防游諾天會如此提議，藍可儀當然大吃一驚。

「咦！但、但是……」

「不用擔心，如果妳真的要過來，我會叫靜蘭過來的。」

「那個……難不成製作人你現在就在事務所嗎？」

「我在處理一些文件，不過不重要。妳決定怎樣？現在要過來嗎？」

「我、我現在過去！」

「記得先告訴家人。」

「麻煩你們了！」

來到事務所，藍可儀立即向兩人道謝，而游諾天沒有多說什麼，只是打開準備好的錄影播放設備。

「我繼續處理文件，有什麼事就找我吧。」

「我也來一起看，有不明白的地方，隨時可以問我。」

「嗯！」

游諾天為她準備了這兩年來三間事務所的所有表演錄影，藍可儀逐一仔細地看，全部看過一遍之後，時間已來到凌晨兩點，不過她沒打一個呵欠，馬上重看第二次。

這一次，她一邊看、一邊記錄重點，所以這次花了更多時間，大概有四個小時。

接著她重看第三遍。這次她不是全部重看，而是挑選了某幾個特別場面，接著她在筆記上不斷地寫、不斷地寫，快要填滿了整本筆記本。

翌日，由於是休息日的關係，所以關銀鈴和許筱瑩都沒有進事務所，緊接著藍可儀再重看幾遍錄影。

時間來到當天晚上七點，游諾天問她要不要回家，她只是輕輕搖頭。游諾天依然沒有多說什麼，只是要她通知家人，然後替她和胡靜蘭買來便當。

時間就這樣過了兩天，來到星期一。

「製作人，早安！」

關銀鈴打開大門，果然見到游諾天坐在大廳的沙發上，她本來正一如往常小跑步到他的身邊，但她沒走幾步，馬上察覺到不妥。

在游諾天跟前的桌子上，放著三個杯子。

「銀鈴，早安。」

第二個杯子的主人——胡靜蘭笑著跟她打了招呼，關銀鈴馬上回禮，同時她察覺到對方的神情有點憔悴，不過臉上掛著滿足的笑容。

——到底發生了什麼事情？還有，第三個杯子的主人是……

「嗚哇！可儀，妳怎麼了！」

答案揭曉，第三個杯子的主人，正是倚著游諾天肩膀、睡得香甜的藍可儀。

「製作人，你對可儀做了什麼！」

「安靜一點，她才剛剛睡著。」

「呃，對不起……不對不對！你們到底在做什麼呀！」

關銀鈴壓低聲音問著，疑惑地盯著游諾天。游諾天卻頭也不抬，只是一直盯著手邊的稿件。然後，他笑了。

「妳這丫頭，兩天前對她說過一些天真的話吧？」

「咦？我是找過可儀，但製作人你為什麼會知道？」

「我不知道妳對她說了什麼，但我必須要說，做得好。」

關銀鈴歪著頭，完全不明白游諾天在說什麼。游諾天沒有回答，只是笑著把稿子交給關銀鈴。

讀過之後，關銀鈴驚喜地睜大雙眼。

「這是——」

「她說不定是一個天才。」

之後許筱瑩也來了，關銀鈴連忙把稿子交給她，她最初是皺起眉頭，但讀著讀著，她忍不住吃驚地抬起頭來。

「這是她寫的？」

「是她寫的。」

游諾天把手伸向可可，適時藍可儀發出一記輕聲夢囈，他馬上停下來，淡然苦笑。

「她花了兩天，不眠不休把這個寫出來。」

「……不錯嘛。」許筱瑩一邊說著，一邊盯著稿件，接著問道：「製作人，我今天沒有工作，可以先回去嗎？還有，這個我要影印一份。」

「我會期待妳的音樂。」

「我不會輸給她的。」

許筱瑩回去了。

關銀鈴再一次閱讀稿子，這一次看得更加高興。

「製作人，這個真的好有趣呀！但我覺得還差了一點。」

「正好我也有這個想法。」聽到關銀鈴這句話，游諾天沒有懊惱，反而點點頭，「那麼妳打算怎樣做呢？」

「為了令它變得更有趣，我願意做任何事！」關銀鈴立刻握起拳頭。

「很好。」

游諾天輕輕放下藍可儀，讓她躺在沙發上。看到她睡得如此安穩，游諾天不禁一笑。

「我要到 Halloween 事務所，妳也跟著一起來……他們肯定會大吃一驚。」

◆◎◆◎◆◎◆

「龍一心，他們來了。」

ＴＧＥ一組已經排練了一星期。在這一星期裡，ＨＴ一組並未出現，龍一心沒有覺得奇怪，因為他知道對手的底細。

「他們好像已經寫好劇本了。」

馬小欣冷冷地看著ＨＴ一行人，龍一心也跟著看過去，不過他和馬小欣不同，臉上只是掛著一貫的笑容。

——真是可憐。

向游諾天宣戰之前，龍一心已經掌握了ＨＴ事務所三名超級英雄的資料，看過她們的超能力和參加過的表演錄影，龍一心便知道自己穩操勝券。

ＨＴ的超級英雄根本不適合話劇表演。

功夫少女的超能力實而不華，觀賞趣味極低，當個配角還好，但要當主角，根本不可能有趣。

深受男性歡迎的千面也是，身為話劇主角，臉蛋是很重要的，偏偏千面的超能力是變身，假如不能夠令觀眾在短時間內記住自己的臉孔，這樣的主角根本沒有任何感染力。

唯一適合表演話劇主角的只有惡魔槍手，可惜她冷酷的形象已經深入民心，而嘉年華會並不適合上演黑暗的故事，所以她不可能當主角。

所以，ＨＴ根本毫無勝算——

「咦？」

龍一心已經沒在看著ＨＴ一組人，忽然馬小欣疑惑地低叫一聲，龍一心這才轉過頭，好奇地說：「怎麼了？」

「他們在做什麼？」

ＨＴ一組人開始排練，明眼人都看得出來，可是情況有點古怪。

ＨＴ事務所的兩人還待在臺下，現在站在臺上的人，是Halloween的殭屍少女。

「他們在排演第一幕，對吧？」馬小欣疑惑地問道。

這是理所當然的事情，但龍一心卻不敢肯定。

從來沒有明文規定主角要在話劇的第一幕出場，但主角越早出場，觀眾對他的印象越深，所以在第一幕出場的即使不是主角，也必須是重要角色。

然而，當ＨＴ一組人繼續排練的時候，殭屍少女非但沒有下臺，反而戲分越來越多，而ＨＴ的兩名少女依然待在臺下。

這種情況，就像在說殭屍少女才是主角。

「該不會……」

龍一心終於皺起眉頭，然後他把監督的工作暫時交給馬小欣，自己則走近游諾天。

「游先生，你們終於來了。」

「嗯，我們來了。」

游諾天把劇本交給藍可儀，叮囑她仔細校對臺詞之後，才慢慢轉身面對龍一心。

「劇本總算趕上，從現在開始，我們每天都會來排練。」

游諾天的表情自信而且堅定，龍一心看著更覺得奇怪。

「那就太好了，我還在擔心你們是否趕不及。我有點好奇，你們要演什麼故事呢？」

「要看嗎？」

聽到游諾天這一句話，龍一心稍微一愣，但他馬上回過神來。

「假如方便的話，可以讓我過目一下嗎？」

「當然可以。」

要是普通人的話劇表演，把劇本交給競爭對手是很危險的行為，但在超級英雄世界，這種事情其實很常見——即使取得劇本，也不可能把對方的劇本抄襲過來，因為每一份劇本都是專為一個超級英雄量身設計，是只有「他」才能夠演出的專屬劇本。

所以當龍一心看到故事標題的時候，他再也掩飾不了驚訝之情。

「你竟然會這樣做……」

「這就是我們的劇本。」

游諾天勾起嘴角，同時看著龍一心手中的劇本——《在世界末日之後，殭屍少女心中還有愛》。

「要請你多多指教了。」

第六章

超級英雄要取得勝利，就要堂堂正正！

《在世界末日之後，殭屍少女心中還有愛》，簡稱《屍愛》，是描述一個末日後世界的故事。世界因為爆發了一種不知名的疾病，全球有五成以上人口都遭到感染，感染者會不老不死，其理智卻會逐漸衰退，最終變成嗜血成性的怪物。

人類稱這種怪物為殭屍。為了活下去，人類最初都極力研究這種疾病，希望能夠找出解藥，可惜殭屍繁殖的速度實在太快了，於是人類放棄研究，轉為大規模剿滅殭屍。

普通的方法殺不了殭屍，而且殭屍的數目越來越多，於是人類決定利用化學武器一口氣消滅殭屍。人類成功了，可惜代價是文明世界的毀滅；人類活了下來，但生活回到中世紀的水準。

一般來說，這個背景設定已經足夠寫一部劇本。不過，真正的故事是在末日之後才正式開始。

當年人類只是消滅了大部分的殭屍，有一小部分仍然存活著，人類於是組織了殭屍狩獵隊。就在這時，一名殭屍忽然恢復意識，她不只記得自己是誰，還記得世界發生過的悲劇。她嘗試向人類求救，但人類只把她當成怪物，誓言要把她處決。反正變成怪物之後也生無可戀，這名殭屍少女本來想束手就擒，不過她突然想起家人的臉孔，而且也想起自己答應過家人會活下去，於是她從人類手中逃出來。

逃走的時候，她發現人類雖然用化學武器消滅了殭屍，但同時也造出新的怪物，而它們才是殭屍狩獵隊真正的獵殺目標。殭屍少女在逃走的路上遇到這些新怪物，因為利害一致，他們決定聯手合作，目標是創造出能夠讓怪物們安心活下去的新世界……

「游先生，有空談一下嗎？」

「當然有。」游諾天邊說邊指著眼前的自動販賣機，「要喝可樂嗎？我請客。」

甘樂書猶豫了一下，最後輕聲婉拒。

「不喜歡可樂嗎？」游諾天有點意外地說：「幹我們這一行，偶爾要補充糖分呢。」

「也不是不喜歡，只是之前喝太多了，小愛……殭屍少女要我注意一下。」

「這樣聽起來，好像她才是你的製作人。」

「請不要取笑我啦……不對，這種事不重要，我想跟你談一下劇本的事情。」

「怎麼了？」游諾天好奇地看著甘樂書。

「這樣真的好嗎？」

「我不明白你的意思。你是指由你們當上主角這件事嗎？」

「坦白說，昨天收到劇本的時候我真的吃了一驚，我本來已經決心要幫助你們，沒想到你們竟然會反過來讓我們當主角……」甘樂書老實地點頭。

「沒什麼大不了的。」游諾天聳了聳肩，不以為意道：「在我們四間事務所之中，適

合當話劇主角的超級英雄是你們和ＴＣ那幾位，然後千面決定寫一個以殭屍少女為主角的故事，就只是這樣。」

「這件事我聽你說過了，不過……」

甘樂書欲言又止，他好幾次抓著頭髮，不知道該怎樣說下去。

誰都沒想到游諾天竟然會大方讓出主角的位置，不只是甘樂書，連ＴＧＥ一組人也大吃一驚。

然而，這還不是最令人吃驚的地方。

甘樂書吸了好幾口氣，終於接著說：「但你們沒必要當上大反派啊？功夫少女應該很不願意吧？」

甘樂書打開劇本，打開反派出場的一幕——

殭屍少女成功的找到很多怪物同伴，但就在這時，一名擁有灰色身體的怪物現身了，她受到化學武器影響，全身都異常堅硬，而且氣力非常驚人。她和殭屍少女不同，她的目標不是要和怪物們一起活下去，而是要回去找人類報仇。

殭屍少女不斷勸阻她，並且遊說她加入他們，這名怪物卻突然抓狂，說殭屍少女是在袒護人類，於是毫不留情的襲擊他們。

這是劇情中的高潮，而飾演這名反派的人正是關銀鈴。

「放心，她會做的。」

「這種討厭的角色，其實由我們來做就好了，甚至說反過來讓小愛她來做也可以，然後讓功夫少女當主角——」

「這樣當然不行。」游諾天馬上否決甘樂書的提議，「你忘了嗎？劇名是《殭屍少女心中還有愛》，換成其他人來當主角，故事就要從頭改寫，我們沒有這樣的時間。」

「不過……」

「你不用擔心，你一定是在想，明明是由我提出合作，舞臺的主角卻由你們擔當，覺得自己搶了我們的功勞吧？」

「這個……」甘樂書猶豫了一會，然後點了點頭，「我是有這種想法……」

「你要記住，我們是合作關係，雖然我們之間是有競爭，但假如我們不能聯手取得成功，一切都沒有任何意義。」

游諾天拿出一片巧克力，慢慢拆開包裝。

「而且你的擔心是多餘的。」

就在要把巧克力放進嘴巴之際，游諾天忽然輕咳兩聲。

「游先生，你還好嗎？」

「沒問題，稍微嗆倒而已。」游諾天揮了揮手，「說回正題，一個故事之中，主角固

然重要，但你知道主角最需要的是什麼嗎？」

「個人特質？」

「是勢均力敵的『敵人』。」游諾天舉起食指，「以TGE的故事為例，影虎最大的敵人，就是他心中的黑暗影子，他必須要打倒它才能夠實現同伴的遺願。殭屍少女也是，她只是找到同伴是不夠的，她還要遇到真正的困難，才能夠找到心中真正重要的東西。」

甘樂書馬上意會過來：「所以你才故意安排功夫少女當這個敵人角色？因為就超能力來看，她真的是非常強大的敵人。」

「沒錯，就敵人來說，功夫少女是最好的敵人，而且……」

游諾天叼著巧克力，勾起嘴角。

「這是《大探險家》比不上我們的地方。」

「但他們不是也有影虎的——啊！」

見甘樂書一臉驚喜，游諾天滿意地點了點頭，然後吃下巧克力。

「影虎的敵人就是他自己，他演技再好，也是他一人的獨腳戲；但我們不同，殭屍少女的敵人，是遠比她更強大的存在，在高潮的張力上，我們更加有優勢。」

游諾天說完之後，便從自動販賣機買了一罐巧克力牛奶。

看著他自然地打開罐子，甘樂書忍不住說：「游先生，我可以再問一個問題嗎？」

「請說。」

「你好像很熟悉話劇？」

「這個嘛……」

游諾天輕輕敲著罐子邊緣，發出輕微的聲音。

「略有研究。」

游諾天明顯不想回答，甘樂書見狀也不再追問，他只是抓緊手中的劇本，緊張地吸了一口氣。

「我們這次表演……會成功嗎？」

「不知道。」游諾天老實地說：「舞臺是很奇妙的，總是捉摸不定，努力耕耘未必有收獲，但無心插柳柳成蔭卻屢見不鮮。」

「我真的很想成功……不是為了Halloween，而是為了小愛他們。」

「我真的不敢說，但我可以再告訴你一個好消息。」

甘樂書馬上抬起頭，游諾天見狀，忍不住輕輕一笑。

「比起ＴＧＥ，我們還有一個強大的優勢。」游諾天笑著說：「我家的惡魔槍手，是一個不願服輸，而且很有天分的女孩子。」

◆◎◆◎◆◎◆

「你、你們都是怪物嗎？不對，你們和我不同，你們到底是……」

「吾乃血族，黑夜之眷屬，在天地初開之時，吾等已在世界的黑影之中統治世界——」

「停！吸血王子，不要即興創作！你不是在天地初開之時就出現，你是被化學武器影響而變成怪物！」

「……這種設定，不帥氣。」

「我管你帥不帥氣！另外，那邊兩個，不要卿卿我我！不要以為躲在舞臺角落，觀眾便看不見你們！」

「人家需要吸收哥哥的力量，才能夠好好演戲……」

「請不要怪責百鬼，都怪我太疼她了。」

「你們兩個都有錯！還有設定上你們不是兄妹，不要兄妹相稱！」

「肉，我要吃肉！」

「我就說沒有這種設定！不要大呼小叫！」

排練進行得如火如荼，雖然大家都對劇本相當滿意，但在上臺表演的時候，他們總是加入很多即興創作，要不是游諾天在主持大局，場面恐怕會變得相當混亂。

「哈哈哈！你們竟然可以找到這裡，算你們厲害嗚！製作人不要把手機丟上來啦！」

關銀鈴掩著額頭大叫。

「妳這丫頭，敢再亂說臺詞，看我把蜥蜴粉末混入妳的便當裡面。」

「對不起！我會乖乖唸臺詞的！」

游諾天生氣地接回手機，確認沒有破損之後，繼續督導話劇。

「製作人……」

藍可儀忽然輕聲叫喚他，他頭也不回地說：「怎麼了？」

「前輩她還好嗎……今天已經是星期五，雖然音樂可以再遲一點……」

「妳竟然有空擔心我嗎？」

「嗚呀！」

許筱瑩忽然從後方現身，雖然已經見慣她板起臉孔的樣子，但她今天雙眼布滿血絲，看起來煞是駭人。

不過藍可儀未來得及說下去，許筱瑩便率先拿出一個黑色的隨身碟。

「拿去。最後和高潮部分的音樂還未弄好，但其他都可以了。」

「前輩……妳還好嗎？妳的臉色好像很差……」

「不要廢話，快點拿給工作人員。」

「好、好的！」

許筱瑩瞪起雙眼，臉孔更加駭人恐怖，藍可儀立即抓過隨身碟往前跑去，之後許筱瑩啐了一聲，走到游諾天身邊。

「雖然不清楚妳的情況，但妳臉色蒼白，有好幾天沒睡了吧？」

「區區幾天而已。」許筱瑩用力吸一口氣。

「管理妳們的身體狀況也是我的工作，累的話就回家休息，病倒了就得不償失。」游諾天看似注意力放在舞臺上，實則擔憂著身旁臉色蒼白的少女。

「你有資格說我們嗎……不要緊，才幾天沒睡，我還可以撐下去。」許筱瑩的呼吸相當沉重，而且有點紊亂，不過她沒有退讓，雙眼一直盯著舞臺，「但可以叫那個白痴不要對著這邊揮手嗎？看了就煩……」

游諾天隨即放輕聲音說：「至少到後臺休息，睡個一、兩小時。」

「我今晚會回家睡。我要親眼看清楚他們的演出，之後才有辦法修改。」

許筱瑩一邊說，又用力吸了一口氣。她現在真的是面青唇白，要是放任不管，不用五分鐘肯定會倒下。

所以游諾天抓來椅子，強迫她坐下來。

「既然妳堅持要看，我不阻止妳，但給我坐下來。」

「真麻煩……」許筱瑩口中抱怨，不過也聽話坐下。

「不要諸多抱怨。」

隨即，游諾天轉頭望向舞臺，對其他人說道：「好了！惡魔槍手帶音樂來了，剛才那段再來一次，這次配上出場音樂，你們要聽清楚，之後再好好配合！」

「收到！」

這一幕是關銀鈴初次登場，她是故事中的大反派，而且一出場便表明身分，所以她的出場音樂是沉重的類型，只要聽著便會令人緊張。

所有人都屏息靜氣，等著音樂響起。

接著，他們都僵在原地。

音樂彷彿從地面響起，不只低沉，更有一種要把一切吸進去的魔力，游諾天、HT一組的其他人，甚至是TGE那邊的人全都停下手邊的動作，然後低下頭，錯愕地看著自己腳邊。

無形之手抓住眾人的腳踝，不寒而慄的冰冷觸感隨即蔓延全身，但那雙手沒有急躁，也沒有貪婪，它們不徐不疾地往上攀爬，輕輕地、牢牢地，宛如蟒蛇一般，繞了一圈又一

圈，纏住四肢、纏住背部、纏住胸部，最後竄進耳孔，在腦海之中張開垂涎著毒液的血盆大口……

沒有一個人敢呼吸，彷彿只要一呼吸，就會被背後的不知名的黑暗發現，然後掉進無邊無際的深淵。

最後，寂靜無聲。

「……嗚哇！對不起！我忘了唸臺詞！」

關銀鈴率先回過神來，可是游諾天沒有責備她，因為直到關銀鈴大叫之前，他都被那首音樂曲子牢牢抓住了。

「好像太低沉了，聽起來像一潭死水……」

許筱瑩一邊低頭沉思，一邊在手機上記下剛才的感想。看她的神情，顯然沒察覺到四周的變化——其他人先是吃驚，接著驚喜地看著她。

「好厲害……」

甘樂書喃喃自語，游諾天聽到了，嘴角不禁往上揚起。

「好了！不要發呆！再來一次！ㄚ頭，如果妳再忘記唸臺詞，準備吃蜥蜴大餐吧！」

「等等！突然播出這麼厲害的音樂，誰都會嚇到呀！」

「異議駁回。再來一次，快！」

游諾天用力拍掌，臺上臺下馬上再次準備，這一次他們的動作比之前都更爽快俐落，接著全部人都盯緊劇本，期待下一首舞臺音樂。

接著，會場再一次被震懾。

「怎麼會……」

龍一心也聽到了ＨＴ那邊的舞臺音樂，最初他以為這是另一區傳來的音樂表演，但當他察覺到音樂的真正來源時，吃驚得說不出半句話。

一直以來都掛在臉上的微笑，現在再也維持不了。

「區區一間沒落的事務所……」

他的身體在顫抖。並非因為驚恐，也不是因為寒冷。

而是憤怒。

「不要得意忘形了！」

他氣得扔下手上的劇本，馬小欣和其他人都不安地看著他，而他沒有看他們一眼，雙眼仍然狠狠瞪著ＨＴ的舞臺。

「別以為這就可以戰勝我們……我絕對不會讓你們稱心如意！」

◆◎◆◎◆◎◆

「不對！要我說多少遍才明白？妳現在這種樣子，觀眾不知道妳在疑惑！不要猶豫，動作誇張一點！我在這個位置就已經看不清楚了，後面的觀眾更看不到妳在做什麼！」

「聲音太小了！現在聽不到你們在說什麼，更不用說當天是嘉年華會。用丹田把聲音叫出來，但要注意語氣，觀眾都會留意細節！」

「這句對白是怎麼回事？是正常人會說的話嗎？千面，馬上去修改！」

「不要讀對白，要說出來！用感情說出來！你們自己都無法投入角色中，要觀眾怎樣投入進去！」

經過一個早上的排演之後，大家都去休息了。游諾天沒有去吃飯，反而坐在舞臺前，繼續和藍可儀、許筱瑩以及其他工作人員討論細節，之後關銀鈴也來參一腳，但說不到三句話便被游諾天冷淡地趕走。

「游先生，辛苦你了。」

休息馬上就要結束，甘樂書趁著這個空檔，把一罐巧克力牛奶交給游諾天。

「殭屍少女他們還好嗎？剛才我這樣大呼小叫，沒有嚇到他們吧？」游諾天爽快地接過並打開罐子。

「雖然他們真的有點吃驚，不過請不用在意，他們是很堅強的，而且都知道你是為了讓話劇成功才會如此努力。」

「他們不介意就好，我不會放水的。」

「嗯，我會轉告他們的。」

「麻煩你了。好，休息結束！大家準備！馬上排練第二幕！」

隨著游諾天的呼喊，所有人各就各位。就在這時，後臺突然傳來一聲驚呼——

「哇！這是怎麼搞的！」

「怎麼了？」

游諾天趕到後臺，馬上見到道具組的人員圍著一個正方形的東西，他認得那是裝著第二幕道具的木箱，「發生了什麼事？」

「不好了，這個……」

道具組的領班面有難色，然後從木箱中取出一把道具長劍——本來的確是一把長劍，但是劍身在中間裂開，現在只是一把斷劍。

「這是狩獵隊隊長配戴的長劍，不知是誰放在木箱裡，被其他道具壓斷了。」

「沒其他備用的嗎？」

「本來這一把就是備用的，真正上場用的長劍還未做好。」

「那就不要管它，先拿其他東西代替吧。」

「對不起，我們太大意了。」

「不用道歉，現在只是排練，還有時間補救。」

游諾天回到臺前，之後道具組找來一根木棍暫代長劍，看起來有點滑稽，不過排練總算順利進行。

道具錯手放在其他地方或是不小心損壞，這種事情相當常見，所以游諾天並未放在心上，之後來到第二天，排練如常進行。

「砰！」

「哇啊！」

藍可儀的慘叫在身邊響起。原來是她身下的椅子突然斷了一隻腳，她來不及反應，就這樣跌倒在地。

「嗚……」

「沒事吧？」

游諾天扶起藍可儀，藍可儀搖了搖頭，同時輕輕揉著後腰。

「嗯……不要緊的……只是有一點點痛……」

「早就說妳身上的脂肪太多了。」一旁的許筱瑩不悅地說道。

同時，她拾起斷掉的椅腳，舉在眼前仔細端詳，之後忍不住皺起眉頭。

椅腳的斷面太整齊了。

「製作人，事情好像有點奇怪。」

「不要在意這種小事，我們沒有多餘時間玩偵探遊戲。」游諾天立即接話。

聽到之後，許筱瑩的眉頭皺得更緊。

「嘖，要裝作看不見嗎？」

「不是，只是沒有任何證據，我們沒必要胡思亂想。」游諾天轉頭對藍可儀說：「可儀，其他椅子可能也不安全，妳要小心一點。」

「嗯……」

「好，馬上來第三幕，首先是吸血王子的出場音樂──」

「游先生，我們遇到一點小問題。」

趙萱的聲音忽然從耳機傳來，游諾天稍微皺眉，接著問道：「怎麼了？」

趙萱疑惑的說：「音響那邊出了一點狀況，不能順利播放音樂。你們可以先排練嗎？我們馬上去檢查。」

「好，拜託你們了。」

游諾天雖然語氣平淡，但皺起來的眉頭沒有半點放鬆，他把狀況告訴其他人之後，他們都不疑有詐，聽從指示繼續排練。

唯一不滿的只有許筱瑩。

「製作人，這是巧合嗎？」

「我剛才說過了，我們沒有時間玩偵探遊戲。」

話雖如此，直至當天的排練結束，游諾天依然緊皺眉頭。

接著又一天——

「嗚哇！等、等等！」

關銀鈴在舞臺現身，本來她應該是一臉陰鬱地走上臺，但是她才沒走幾步，忽然大叫幾聲，驚慌地蹲在地上。

「ㄚ頭，妳在玩什麼？」

「我不是在玩啦！這件戲服……這裡裂開了呀！」

關銀鈴拚命掩住左邊大腿，服裝組的人立刻帶著針線跑上去，一看之下，大腿的位置果然裂開了，要是剛才關銀鈴繼續往前走，裂縫恐怕會變得更大。

「……看來我也要限制妳的飲食才行。」游諾天不禁皺起眉頭。

「我沒有變胖！昨天還好好的呀！」

「也許……」藍可儀小心翼翼地說：「是不小心被什麼東西勾到了？」

「又或者是有人故意破壞。」

許筱瑩話一出，所有人都吃驚地看著她，而她也沒賣關子，立刻接著說下去：「之前道具的長劍斷掉了，然後這傢伙坐的椅子斷了腳，音響設備又遇上問題，今天就輪到她穿的戲服裂開了……意外未免太多了吧？」

「的確，一次還好，接二連三遇上意外，也許真的有人在惡意破壞……」甘樂書說。

「但是……」藍可儀緊張地說：「這裡不准一般人出入……誰可以做這種事……」

「還用說嗎？」許筱瑩隨即瞪著ＴＧＥ的舞臺，「破壞我們的演出會有好處，又能夠隨便進出會場的人，當然就是他們。」

「等等，沒有真憑實據，這種指控太過分了！」關銀鈴說。

「難不成是我們自己人做的嗎？」許筱瑩冷冷地反駁。

「我不是這個意思！但也許真的只是意外？」

「不要這麼天真。」許筱瑩瞪了關銀鈴一眼，「這絕對是針對我們的惡意破壞。給我記住了，竟然玩這種小手段，我一定會人贓俱獲，然後向英管局舉報他們！」

關銀鈴連忙大叫：「我們沒必要這樣做啦！只要我們小心一點，之後肯定沒事的！假如有危險，我會保護大家！」

「我就說——」

「我也贊成功夫少女。」殭屍少女插嘴打斷許筱瑩的話，「雖然很令人在意，但說不定真的是意外，如果真是這樣，執意追查犯人只會白白浪費時間。」

「我也是這樣想，比起去追查不知是否存在的犯人，我們應該要專注練習，我們的演技還太嫩了。」紙鶴也跟著附和。

之後附和的人越來越多，許筱瑩見狀，只能眉頭深鎖，用力吐出一口氣。

「算了，隨便你們。」

「前輩妳不用太擔心啦！我們都是超級英雄，不會這麼容易就被打倒的！」

「穿著剛修補好的長褲，妳還真敢說。」

許筱瑩白了關銀鈴一眼，接著她走下舞臺，和游諾天並肩而站。

「製作人。」

「我知道妳想說什麼，但現在是排練時間，先集中精神做好本分。」

「我知道，所以我才站在這裡，不過……」

許筱瑩悄然握緊拳頭，然後盯著ＴＧＥ那邊的舞臺。

「排練以外的時間，我不會放過他們的。」

◆◎◆◎◆◎◆

這一天的排練結束了。過程絕對不順利，不只是關銀鈴的戲服，服裝組發現有幾件備用的衣服也破損了，之後道具組又發現有幾件道具損毀。不過HT一組人沒有因此氣餒，反而更加團結一致，最後完成了今天的排練。

為了避免再次發生意外，在離開之前，他們都仔細檢查道具和戲服，確認一切都妥善放好後才離開會場。

然後，來到午夜十二點。

英管局沒有規定事務所的離場時間，不過距離正式表演還有一個半月，所以大部分事務所人員都已離去，只留下一些工作人員在現場打點。

C區也不例外。

即使兩組人氣氛緊張，但也難得的比往年更有生氣，不過他們都沒有過於拚命，全都回家休息。

除了一個人。

在黑暗之中，沒有人察覺到她的存在——其實在光天化日之下，只要她有心，其他人也無法察覺到她。

她踏著無聲的腳步，慢慢走進ＨＴ一組的後臺。她小心翼翼，沒有發出半點聲音，因為她清楚知道自己在做的是違法的行為，要是被抓到了，絕不可能輕易脫身。

但她不做不行。

這是命令，而且她也相當生氣。

沒錯，明明Ｃ區是如此安寧，大家都相安無事，但自從ＨＴ來到後，一切都改變了。明明上一季還在歇業邊緣，卻因為有運氣而逃過一劫，之後不知怎樣的升上了七十一名，更重要的是他們真的以為自己成名了，一來到便說要合作什麼的，如果只有一間這樣的白痴還好，偏偏另外三間事務所竟然加入他們的計畫……

——好啊，既然要做這種事情，你們肯定早有失敗的心理準備了吧！我才不會讓你們得逞，在活動正式開始之前，我一定會用盡全力來阻撓你們！

真的是越想越生氣，所以她不禁加重了腳步，不小心發出了一點聲音。

「唔……」

她連忙停在原地，同時屏住呼吸。

很好，沒有人發現。

四周一片昏暗，只靠掛在天花板上的小燈泡果然寸步難行，但打開燈光恐怕會引人注意，所以她繼續摸黑前進。

——找到了。

昨天破壞了戲服和道具，今天他們加強了戒備，把重要的道具和戲服放在上鎖的箱子裡，所以她這一次不是要破壞戲服和道具，而是要破壞他們的照明系統。

「沒有燈光的話，看你們可以表演什麼——」

「啪！」

忽然燈光亮了，她嚇得幾乎要叫出來，不過她搶先掩住嘴巴，然後吃驚地轉過頭。站在門前的是一臉不悅、冷冷地盯著前方的許筱瑩。

——她怎麼會在這裡？

潛入的女子緊張得說不出話來，唯一慶幸的是對方似乎並未察覺到自己的存在。當然，只要發動了超能力，別說是人類，連電子系統也難以察覺到她，所以只要站著不動，對方便不可能發現她。

然而，許筱瑩雖然沒有發現她，不過卻一直站在原地一動不動。

——快點滾開啊！

後臺不是封閉的密室，要繞過她逃跑並非不可能，可是這樣會增加被發現的風險，所

以女子只能待在原地，不安地看著許筱瑩。

然後，許筱瑩終於動了。

她舉起右手，變出一把左輪手槍。

「初次見面，我是ＨＴ的惡魔槍手。」

——她發現我了！不對，她根本不是看著我……這只是在虛張聲勢！這女人應該已經知道了吧，畢竟今天下午她也潛入過ＨＴ的後臺，所有人都沒想過這是人為破壞，只有她一人堅持己見……那她現在突然走進來，就是想要抓出犯人吧？

——真是可怕的傢伙，但是太可惜了，妳找不到我的。

女子輕輕勾起嘴角，等著許筱瑩轉身離開。

不過許筱瑩沒有這樣做。

「也許妳不知道我的超能力，所以我會告訴妳。我能夠憑空變出槍械，並且可以控制射出來的子彈，最遠的距離是二十公尺。」

——她怎麼突然說起自己的超能力？

女子一臉不解，但人在原地不能不聽。

「我知道妳的超能力，只要妳一直發動超能力，我不可能會找到妳。」

——就是這樣，所以快點滾開啦！

「不過，即使我看不到妳，妳人現在就在這裡，是千真萬確的事實，妳不可能抹消自己的存在。」

——她到底在說什麼？

「而且妳的身體和一般人沒有分別，妳的速度不會比子彈快，被子彈射中的話，也會受傷流血。」

聽到這一句話，女子駭然僵在原地。

——等等！她該不會想……

「我很想知道，妳的血也是透明的嗎？」

——不要！

女子忍住沒有大叫出來，同時許筱瑩扣下板機，子彈應聲射出。

「不想受傷的話，馬上現身吧。」

子彈猶如蒼蠅一般四處亂飛，女子嚇得抱頭蹲下來，而許筱瑩沒有手軟，食指一扣，另一發子彈又再射出。

「等、等等！我投降了！」

子彈不斷在頭頂飛旋掠過，女子終於忍不住大叫出來，然後她解除超能力，在許筱瑩眼前現身。

「果然是妳。」

這名女子有著一頭灰色短髮，身上的衣服十分單薄。許筱瑩認得她，她是ＴＧＥ的超級英雄幽子。

「要在無人察覺之下搞破壞，妳是最適合的人選。」

「妳這個惡女，竟然真的開槍……」

「放心，那只是空包彈，被射中也不會死，只是有點疼而已。」

許筱瑩也解除超能力，手中的手槍以及在半空飛舞的子彈隨即消失不見。

「好了，現在人贓俱獲，妳無話可說了吧？」

「可惡……」

——還有逃走的機會！

幽子見許筱瑩解除超能力，馬上在腦中擬定逃走計畫。許筱瑩的超能力的確可怕，但她和自己一樣，身體能力和普通人一模一樣，只要用盡全力撞開她，逃到走廊之後再發動超能力，她不可能追得上自己。

「伸出雙手。」許筱瑩拿出一條束帶，對著幽子冷冷說道。

——就是現在！

幽子裝作伸出雙手，但她其實是用盡全身氣力站起來。

可是她慢了一步。

在抬起上半身的時候，一個冰冷的東西結實地頂著她的前額，她當場僵在原地，不敢動彈。

「我先說好，這次不是空包彈。」

一把左輪就在許筱瑩的手上，她的眼神異常冰冷，彷彿隨時會扣下板機。

「本來我想溫柔一點，但既然妳要反抗，那就不要怪我了。」

◆◎◆◎◆◎◆

翌日早上，當兩組人都進場準備排練的時候，許筱瑩突然抓住被綁住的幽子來到大家的眼前。

「咦！前輩，這個女孩不就是……」

「這傢伙就是犯人。」

「嗚唔！」

許筱瑩把幽子推倒在地上。

旗下的超級英雄遭到如此對待，龍一心卻沒有任何抗議，他只是板起臉孔，默默盯著

幽子。

「犯人？難道是……那個嗎？」

關銀鈴沒有說出是什麼事件，但大家馬上明白過來，許筱瑩也點了點頭，然後撕掉幽子嘴上的膠帶。

「嗚噗！妳、妳這傢伙……」

「你家這個傢伙，昨晚偷偷摸摸走進我們的後臺，企圖破壞我們的照明系統，之前她還破壞了我們的戲服和道具。」

「不對！我才沒有這樣做！」幽子狠狠瞪著許筱瑩，「是妳突然襲擊我！」

「你們可以看昨天的錄影記錄，我一個人走進後臺，但出來的卻是兩個人，這種情況妳要怎樣解釋？」

幽子當場一驚，然後畏縮地說：「我只是剛好走進後臺……」

「剛好在大家都走了之後，並且剛好使用超能力走進我們的後臺嗎？」

「這是……」

幽子語塞了，她馬上轉過頭，慌張地看著龍一心。

龍一心臉色不變，仍然板著臉孔。

「前輩，這個……」

關銀鈴上前想要勸阻許筱瑩，許筱瑩馬上撥開她的手。

「可以請你們解釋一下嗎？這是她個人的獨斷獨行，抑或是你的指示呢？」

許筱瑩咄咄相逼，氣氛當場變得繃緊了，ＴＧＥ一組人自不用說，連ＨＴ這邊也是屏息靜氣，全都等著龍一心的回答。

「……幽子，為什麼妳要這樣做？」龍一心開口了。

聽到這一句話之後，最震驚的是當事人幽子。

「這個……」幽子全身顫抖，說不出半句話。

「妳竟然會做出這種事。」

——不是的！明明是你叫我這樣做！

幽子張大嘴巴，隨時都可以大叫出來，不過她沒有，她只是睜大雙眼，難以置信地瞪著龍一心。

他這一句話，是在和她劃清界線。

「妳聽好，假如妳失手被抓到，我會馬上丟棄妳。」

龍一心曾經這樣說過，但她從來沒想到，龍一心真的會毫不猶豫這樣做。

「我……」

「妳會做出這種事，已經不再是超級英雄。」

「不是！我……」

幽子還是說不出一句完整的話，看到她如此驚慌失措，許筱瑩於是接著說下去：「你的意思是，這是她獨斷獨行嗎？」

「當然，這和我、ＴＧＥ以及其他事務所，都沒有任何關係。」

毫不留情的話、毫不動搖的堅定。

ＴＧＥ一行人，全部都被這句話嚇得僵在原地。

「那麼我要報案給英管局，你不會有任何異議吧？」

「當然沒有。還有其他事情嗎？如果沒有的話，我們要回去排練了。」

「等等。」

許筱瑩望向低垂著頭的幽子，冷冷的問道：「妳沒有什麼辯解嗎？這真的是妳一個人的決定嗎？」

「這……」

不是的，這不是我一個人的決定——幽子很想這樣說，雖然她知道即使這樣做也不能免除罪責，但至少不用獨自承受。

根本沒必要把責任攬上身，這既非事實，而且也不合理！

然而，她張開嘴巴，說出來的卻是截然不同的話。

「是的……是我一個人的決定……」

「妳……」許筱瑩一愣，不敢相信眼前的女孩竟然這樣說。

「聽到了嗎？她隨便你們處置，我們回去了。」

龍一心沒有半點猶豫，真的就這樣轉身離去。

其他人沒有他這麼乾脆，他們看了看龍一心，再看著仍然跪在地上的幽子，霎時間都不知該怎麼辦。

就在這時——

「幽子，妳在說謊，對嗎？」

忽然影虎開口了。他的話一說出口，龍一心立即轉過頭來，一雙冰冷的眼眸筆直地盯著影虎。

「影虎，你是什麼意思？」

「幽子是一個叛逆的女孩，雖然經常做一些惹人討厭的事，不過這麼危險的事情，不可能是她一個人的決定。」

影虎也回盯龍一心，龍一心馬上眯起雙眼。

「所以我說，你是什麼意思？」

「有人指示妳這樣做，對嗎？」影虎不理會龍一心，只是再一次詢問幽子。

幽子看著他，驚慌地別開視線，「不，沒有……」

「是一心叫妳這樣做的，對嗎？」

「不是！製作人沒有叫我這樣做！這全部都是我一個人的決定！」

幽子霍地大叫，她的聲音混雜著嗚咽，之後她再一次低下頭，並且極力蜷縮身體。

「這真的是我一個人的決定，是真的……」

「你聽到了吧？不要再做無謂的猜測，立即回去——！」

龍一心話未說完，影虎猝然抓住他的衣領，把他整個人揪起來。

「你為什麼要這樣做？」

「你——」

「為什麼要做這種事！」

「砰」！

影虎毫不留情一拳揍向龍一心，在龍一心倒地之際，場內馬上響起驚呼。

「不要以為可以騙到我。」

影虎沒有乘勝追擊，他只是站在原地，瞪著龍一心。

「當你說要再一次表演《大探險家》的時候，你知道我是怎樣想嗎？我以為你終於要變回以前那個無所畏懼、時刻勇往直前的龍一心，所以即使動機不純，我也真心感到高興……但你現在到底在做什麼啊？」

「影虎，不是的！這和製作人無關，都是我自己——」

「妳閉嘴！」

影虎猛喝一聲，幽子立即僵在原地。

「妳也是！一心要做這種事的時候，妳為什麼不阻止他？就算不能阻止他，也應該要立即告訴我！你們以為我們是抱著怎樣的心情再一次踏上舞臺啊？」

「……影虎，你不要太自以為是。」

龍一心擦著嘴角，抹去其上的鮮血。

「我當然知道你們是怎樣想，所以才會決定要做《大探險家》。除此之外，我什麼都沒有做。」

「我們合作多少年了？你在想什麼，你以為我真的不知道嗎？你是在害怕，對吧？」

影虎冷哼一聲。

「……害怕？我？」

「沒錯，你在害怕。」

影虎迫近龍一心，他塊頭很大，被他從上而下俯視，普通人早就嚇得腳軟，但龍一心沒有膽怯，主動抬起頭迎上影虎的視線。

「我害怕什麼？」

「你害怕再一次失敗。」

「我沒有。」龍一心立即瞪起雙眼。

「不，你有。自從四年前的公演慘敗給ＥＸＢ，你就一直在害怕。」

「……那件事和現在沒有任何關係，我們這次的對手只是ＨＴ，是一間沒落了的事務所，我們根本不會敗。」

「但你還是害怕了。」影虎進一步迫近龍一心，「而且你看著他們，就會想到以前的自己，這令你更加害怕。你害怕曾經被你捨棄的東西，會打敗現在一無所有的你。」

「荒謬！」

龍一心一手拿下眼鏡，狠狠瞪向影虎。

「他們會打敗我？不可能！他們根本不知道這個業界的可怕，只是一味無知地追求所謂的夢想！這種白痴傢伙，怎可能勝過我們？」

「既然你是這樣想，為什麼還要叫幽子做那種事？」

「我已經說過，我沒有叫她做那種事！是她自己一個人在發神經！」

龍一心想要推開影虎，影虎當然紋風不動，但是他忍不住垂下了眼簾。

「……一心，你變了。」

「我沒有，變了的人是你！你竟然懷疑我這個製作人──」

「……不，是製作人叫幽子姐做的。」

冷不防，影虎身邊的多多輕聲說道。龍一心立即瞪起雙眼，看著這個擁有四條觸手的高大男孩。

「多多，你在胡說什麼？」

「幽子姐告訴我了。」多多不只緊握拳頭，連身後的四條觸手都在顫抖，「我想阻止她，但她堅持要做……我……應該要阻止她才對。」

「多多，你不要亂說話！」幽子大聲叫道。

多多卻沒有理會，反而跑到她的身邊，向HT所有人低頭道歉。

「對不起！我知道這件事很難原諒，但請你們原諒幽子姐吧！」

「多多，你──」

「我也代表TGE向你們道歉。」影虎也跟著走過去低頭道歉，「我們竟然做了這樣的事，實在不值得你們原諒，但是我懇請你們給她一次機會，只要你們放過她，我願意罷演《大探險家》。」

「你們到底在說什麼！」

龍一心跑到兩人身邊，一手抓住影虎衣領。

「這小子是幽子的跟班，為了幽子他什麼都會說，你竟然相信他而不相信我，你他媽的在想什麼！」

「一心，你醒醒吧……」影虎壓低聲音說道：「你這種模樣，並不是我認識的《大探險家》龍一心。」

「要清醒的人是你才對！你說我不明白你們的想法，你又明白我的想法嗎？《大探險家》絕對不可以再失敗啊！」

「就算是這樣，也不可以不擇手段！我們是超級英雄，要取得勝利，就要堂堂正正！」

影虎凜然一喝，龍一心當場僵在原地。

「你說……堂堂正正嗎？」

龍一心顫抖了。

是因為憤怒。

更是因為不甘心。

「你真會說啊……堂堂正正……是啊，你們是超級英雄，要取得勝利，當然要堂堂正正，要是用旁門左道的，根本不配稱為超級英雄……」

「一心，現在還未遲，懸崖勒馬吧。」

「天真！天真！影虎，你太天真了！」

龍一心猝然暴喝，他放開影虎的衣領，轉頭瞪著游諾天。

「你們是超級英雄，當然可以說出這種冠冕堂皇的話！但要在超級英雄的世界活下去，你以為堂堂正正可以走多遠啊？」

龍一心看著游諾天，嘴角忽然勾起。

既是挑釁，也是在笑。

「你和我一樣，對吧？雖然我不知道你的過去，但第一次見面的時候我就看出來了，我們是一樣的，為了成功，我們會不惜一切。」

不待游諾天回答，龍一心便接著說下去。

「我試過了啊，影虎你口中的堂堂正正，我真的試過了！正因為嘗試過，我才知道我們堂堂正正的極限！要讓我什麼都不做，坦然承認失敗，我做不到！所以我才會跟他一樣，集合其他事務所，再一次表演《大探險家》……然後，我會用盡一切方法令它成功！」

「一心，這是錯的！你忘記了嗎？無論發生任何事，我們都會咬緊牙關走下去！」

「我當然沒有忘記，正因為如此，我才會、我才會……」

龍一心說不下去。

他咬緊牙關，拳頭也捏得發白了。他早就明白了，他明白影虎的話，也明白自己到底在做什麼。

所以他才會說不下去。

假如說出來，他一直極力避開的黑影就要抓住他。

他身負ＴＧＥ《大探險家》的執行製作人之名，卻自從兩年前起一直在逃避，逃避挑戰、逃避失敗。

只要不挑戰，就不會失敗。

只要不失敗，就不會受傷。

龍一心絕對不會承認這件事，但他清楚的知道，這就是現在的自己！那個曾經意氣風發，揚言要打進前十名的勇敢探險家，已經不復存在。

「我絕對，不會再失敗——」

「我呢，曾經看過你們的《大探險家》，真的好厲害。」

忽然一道輕柔的聲音打斷龍一心的話，他馬上看向聲音的主人，見她慢慢走到幽子身邊，並且在她身邊蹲下來。

「妳……」幽子看著關銀鈴，說不出半句話。

「無論是影虎先生的演技，抑或是舞臺效果、音樂、劇本，我都看得好感動，最後影虎先生打破一切迷惑，帶著同伴的思念回到故鄉，我真的哭出來了，而且我忘了帶面紙，所以哭得很難看呢。」

關銀鈴一邊笑著說，一邊替幽子鬆綁。

許筱瑩把一切看在眼裡，她沒有阻止關銀鈴，只是不悅地嘖了一聲。

「……是妳。」

影虎認得關銀鈴，也記得第一次見面的時候，自己冷冷地撥開她的手。

「所以知道你們會在嘉年華會再一次表演《大探險家》，我真的好高興！雖然那一天我應該沒有空親眼欣賞，但大家看了，都一定會大受感動。」

關銀鈴扶起幽子，然後把她交給多多。

「所以，請影虎先生不要罷演，網路上有不少支持者知道《大探險家》要再次演出，大家都相當期待。」

「……不過，我們做了這樣的事……」影虎立即握緊拳頭。

「幽子小姐的確做了錯事，老實說我也很生氣，就這樣放過她，大家一定會覺得不滿意……但是，現在鬧出任何醜聞的話，不只是你們，我們、甚至是整個嘉年華會的氣氛都一定會大受打擊。」

關銀鈴收起笑容，凝重地看著幽子，再看著影虎和龍一心。

「所以，如果要我們原諒幽子小姐和你們，那請你們一起努力，做一場最完美的表演！不是為了競爭，而是為了入場的所有觀眾和客人，請為他們帶來感動！」

說完之後，關銀鈴向他們低頭鞠躬。

所有人都沉浸在關銀鈴的話之中，說不出一句話。

幽子的所作所為，不是可以輕易原諒的行為；事務所之間的競爭，也不會因為三言兩語而消失。

但聽著她的話，大家——尤其是龍一心，都想起了重要的事情。

超級英雄是怎樣的人……

他們又是為何而存在……

還有，當初自己為什麼選上執行製作人這條路……

影虎察覺到龍一心的表情改變了，他垂下眼簾，然後望著關銀鈴。

「……妳叫什麼名字？」

「我是ＨＴ的功夫少女。」

「我記住了。」影虎點了點頭，然後向關銀鈴伸出右手，「我為之前的無禮道歉。另外，我不會罷演，為了支持我們的人，我們會全力以赴。」

「我會很期待的！」關銀鈴握起影虎的手，「我們也會拚盡全力，把最好的表演帶給大家！」

「我們一起加油吧。」

影虎放開關銀鈴的手，之後他轉過頭，面對身邊的龍一心。

「一心，回去吧。」

影虎拍著龍一心的肩膀，龍一心馬上撥開他的手，並且筆直地瞪著關銀鈴。

——明明是一個白痴女孩，卻把話說得這麼動聽。

「……你們給我記住，我不會感激你們。當你們看到我們精采的表演，一定會後悔這一天放過我們。」

龍一心沒有再多說一句話，他轉身走回去，其他人也跟上他的腳步，但很多人在離開的時候都忍不住轉回頭來。

他們都回去之後，現場只剩下ＨＴ一組人，大家都沒有說話，只是默默看著關銀鈴。

「這個，我自作主張放走幽子小姐……大家會生氣嗎？」

沒有人回答。

「呃，果然生氣了嗎嗚哇！」

游諾天忽然在她眼前舉起手，本來以為他要揍下來，所以關銀鈴連忙縮起肩膀，不過按在她頭頂的卻不是拳頭，而是厚實的手掌。

游諾天只是撫著她的頭頂，什麼也沒有說，關銀鈴心想：果然是有點生氣吧？但除此

之外，他好像也在讚賞自己，應該不是錯覺。

「好了，不要再浪費時間，要排練了！大家打起精神！」

游諾天一聲令下，所有人立即士氣高漲地高聲回應。

「喔！」

「ㄚ頭，不要發呆，馬上去換衣服！」

「好的！」

「嘖。」

許筱瑩又啐了一聲，乍聽之下是相當不滿，不過和她相處了幾個月，她這個動作的真正意思，關銀鈴偶爾也會猜得到。

所以她不禁揚起嘴角，然後快步跑向更衣室。

第七章

新版・超級英雄大時代

嘉年華會即將開始，英博門外大排長龍，所有人都準備就緒，隨時可以衝入這個一年一度的盛事。

同一時間，會場內已經是備戰狀態。

「聽好了，雖然赤月的專欄和其他傳媒的報導讓大家注意到C區，不過和A、B區相比，我們仍然是處於極端不利的位置，今天會有多少人來到這邊，我也不敢肯定。」

游諾天在後臺的白板貼上今天的時間表，在十一點、下午三點和六點半的時間帶，大字寫著「話劇表演」。

「客人不會只是來看話劇，在話劇以外的時間，大家輪流到攤位幫忙。趙萱，你們的遊戲都準備好了吧？」

「全部準備好了。」

「妳待會教他們遊戲的玩法，之後回到後臺。阿樊，精品店就靠你了。」

「沒問題。」

「阿甘，你和我一起準備話劇。」

「阿甘，加油！」

甘樂書還未回答，殭屍少女率先大聲聲援，他只好苦笑一聲，然後用力點了點頭。

「我先說清楚，上午的表演，觀眾很可能會中途離席，至於下午的表演，就整體的客人比例來說，也許會比上午的更少。」

游諾天並非未戰先降，這只是客觀的分析。

因為在十二點，正是第一名 Excalibur 和第二名 Cyber Justice 的話劇表演時間，而三點則是第三名 Queen Victoria 的開演時間。

「我已盡量避開其他事務所，尤其是五巨頭的表演時間，但要全部避開是不可能的，所以我們一定要有心理準備，觀眾的人數可能會遠低於預期。」

雖然這是客觀的事實，不，正因如此，大家聽到之後都不禁稍微洩氣，不過游諾天馬上接著說下去。

「關鍵是最後一場。」

游諾天直指白板，指著六點半的時段。

「會在六點鐘進場的客人，他們肯定是來看五巨頭的晚間表演，所以我們的目標是在下午進場、而且已經看過五巨頭表演的客人。丫頭，準備好了沒？」

「隨時 ready！」

「我們也準備好了！」

除了關銀鈴之外，她身邊還站著三名超級英雄，他們分別是飄浮世界、摩打手以及嚎叫人狼。

「很好。」游諾天看著手錶，時間是八點五十九分。

還有一分鐘，超級英雄嘉年華即將開幕。

游諾天悄然吸一口氣，然後他抬起頭，看著聚集在後臺的同伴。

接著，示意嘉年華會開始的鐘聲響起了。

「開始了。」

游諾天又吸了一口氣。

也許是今天早上天氣乾燥，他總覺得喉頭比平日更加乾涸，不過吸入肺部的卻是不同於以往的清新空氣。

所以他接下來的一句話，是前所未有的清晰和響亮。

「出發吧！」

◆◎◆◎◆◎◆

人山人海！頭、頭、頭！放眼所及，全部都是人頭！

當然，這不是一個個在半空飄浮的人頭，而是客人們堆擁在一起。要是在其他日子，他們肯定會有抱怨不滿，不過今天他們都掛著笑臉，三五成群地走到各大攤位遊玩。

「歡迎大家蒞臨第十屆超級英雄嘉年華！從現在開始，直至晚上十點，都是屬於NC市民的盛大嘉年華！各大事務所已經為大家悉心準備新奇有趣的活動，到底有什麼驚喜呢？請大家抱著小孩子的好奇心，親自去發掘吧！」

「嘩！那邊那邊！那個人不就是蘭斯洛特嗎！」

「天劍！CJ今年果然也是辨美食展啊！」

「女王大人！繆斯大人！」

A區擠得水洩不通，但這無礙觀眾的興致，他們的歡呼響遍整個會場，而且他們攤位上的精品和美食都被搶購一空。幸好他們早有準備，第二輪貨品立即上架，群眾隨即報以熱烈的掌聲。

「仍然是老樣子……」

游諾天看著掛在頭頂上的液晶電視，見A區人潮洶湧，他不禁輕嘆一聲，之後再看看C區，雖然人流比之前龍一心給他看的錄影更多，但依然門可羅雀，眉頭當場皺得更緊。

然而，他早就猜到是這樣。

現在還只是早上十點，一般客人當然會聚集在A、B區，會率先來到C區的人，要不是敵不過人潮被擠出來，就是倒楣被派到C區採訪的記者。

乍看之下，游諾天他們已經束手無策，他們不可以走到A、B區宣傳，只能夠等著客

人主動上門。這種消極的樣子，和前幾年的C區根本沒有兩樣——不過，HT的宣傳攻勢其實已經開始了。

「咦？」

場內沒有任何動靜，但在場外的NC市區，已經發生了一些驚奇事件，首先發現這件事的人，正是到C區採訪、然後正好無聊到網路上瀏覽的一名記者。

NC市區驚見末日預言！

——世界將會被黑暗吞噬，人類的自私自利，定必付出沉重代價。

——怪物之王將會從黑暗的深淵之中從天而降，要人類血債血償！

——怪物已經躲在暗處，只要赤色的月亮女神一聲令下，他們將會傾巢而出。

不只如此，怪物真的出現了！

「人類，後悔吧！」

在人來人往的街道之上，一身灰色的女孩霍地跑到人群中心，她彷彿直接從岩石的地面爬出來，帶著黃銅色的不祥眼眸，狠狠地瞪著街上的路人。

「你們將會感受到前所未有的恐懼！」

灰色女孩大叫之後，朝天上擲出血紅色的紙鶴，接著紙鶴就像有生命似的，瘋狂地往四處紛飛。

人們驚叫！——沒有。

人們惶恐！——沒有。

人們抱頭亂竄！——也沒有。

因為在末日預言和灰色女孩出現之後，同場地、同時間都一定會補上一句話。

「人類和怪物的最後之戰，即將展開！時間：早上十一點、下午三點、晚上六點半，一共三場，由 Hero Team、The Cube、Gaming Puzzle、Halloween 聯合演出！親眼來見證人類和怪物的結局吧，人類！」

場內仍未察覺，但場外已經有不少人注意到這件奇妙的宣傳活動。網路上並未有巨大迴響，但確實已有人留意。

游諾天一邊看著手機，一邊滿意地點了點頭。

雖然眉頭依然輕輕皺起。

「……什麼是『從黑暗的深淵之中從天而降』？到底是從深淵還是從天空出現？」

游諾天指著手機，不悅地問關銀鈴。

「我也不知道，這是吸血王子寫的宣傳句呢。」

「是誰把這種重要任務交給那個中二小鬼的？」

「但大家都覺得這些宣傳句寫得很好啊！你看，網路上很多人說充滿中二味道！」

「這不是稱讚，是嘲笑……還有，妳又是怎麼回事？『前所未有的恐懼』？這種空泛的說法，怎樣吸引到客人？」

「嘻嘻，我是參考以前恐怖故事的簡介呢。」

「這已經過時了，待會不要再說這句話，必要時可以找一個路人來幫忙演戲，他越驚慌效果越好。」

「好的！啊，我要上場了！」

灰色女孩——關銀鈴說完後便衝上舞臺，同時一陣低沉的音樂響起，游諾天馬上觀察臺下觀眾的情況，果然全部人都被震懾住，有些人更立即大拍手掌，完全被眼前的故事牢牢抓住。

可惜，所謂的「全部觀眾」只有九人。不過，往好方面想，至少還有九人沒有離席。這是幸運還是不幸呢？

為了吸引更多的客人，ＨＴ一組人用盡一切的辦法，其中一個就是由關銀鈴帶頭負責的「快閃表演」。

趁著演出時間的空檔，關銀鈴和其他三名超級英雄跑到各處街頭，用誇張、快速的表演吸引路人注意。然後盡可能一擊脫離，令人留下深刻印象，這是最初超級英雄們常用的表演方法，要在特定時間內提升人氣相當有效，尤其是演出者的外貌和表演越奇特，效果越佳。

第一場表演順利結束，九名觀眾似乎相當喜歡這部話劇，全部都站起來鼓掌，有幾名觀眾更走到攤位買下舞臺音樂的ＣＤ。以Ｃ區來說，這是不錯的開始。

但還不夠。

◆◎◆◎◆◎◆

「製作人，我出發了！」

待觀眾都離開之後，時間已經來到下午一點，關銀鈴本來想不吃飯就直接跑去街頭，不過游諾天阻止她，並且強烈要求她吃飯後再出發。

游諾天從來沒有忘記，關銀鈴的超能力雖然強大，但那是有時間限制的，而且也會給身體帶來沉重的負擔，所以他不敢掉以輕心。

「製作人……不如我們也去幫忙？」

藍可儀走到身邊，許筱瑩也跟在她的身後。兩人口中的幫忙，肯定是指快閃表演，因為人數越多，快閃表演越有效，不過游諾天卻搖了搖頭。

「不用，有四個人在街上宣傳就夠了，人多了只會分散大家的的注意力。」

「不過……」

「妳們有別的事要做。惡魔槍手，配合嘉年華會氣氛創作一首曲子，做得到嗎？」

許筱瑩立即瞇起雙眼，點了點頭，「當然可以。」

「那馬上去做，我會拿給大會，看看能不能在會場插播。」

「一小時後給你。」

許筱瑩說完後便轉身回去，只留下藍可儀一人待在原地。

「製作人……那麼我要做什麼？」

「妳拿著這個東西，去和殭屍少女他們做專訪，然後放到大會的宣傳版。」

「咦？專訪是……」

「要他們用角色的角度來回答問題，問他們在沒有希望的末日世界之中要怎樣活下去，也問他們對愛有什麼看法，什麼問題都好，隨便妳問。」

「但是……我不知要問什麼……」

「妳是劇本的負責人，只要妳才最清楚他們和末日的世界，這是只有妳才能夠做到的事。快去！」

「好、好的！」

藍可儀也轉身離開了。

一小時之後，許筱瑩真的拿來新作，同時藍可儀也完成專訪，游諾天馬上把這些資料交給大會。

接著，時間來到下午三點。

「我們回來了！」

在表演開始之前的十秒鐘，四名出動到街上快閃表演的人都回來了，游諾天立即指著闞銀鈴說：「妳的妝都花了！快去補妝！」

「收到！」

「你們也快去準備！」

第二場表演馬上要開始，游諾天往臺下一看，出乎他意料之外，觀眾竟然比第一場的人數更多，足足翻了三倍，有三十四名客人——三十三名男性，一名女性。

人數不多，但能夠在ＱＶＡ手中搶到一名女客人，足以對外炫耀。然而，游諾天沒有因此放心，他打開手機，檢查第二輪快閃表演的成果。

「ＨＴ的表演好像很有趣呢？」

「那個女孩有點可愛，而且身材不錯，我看了之後都需要彎腰掩飾了。」

「那隻狼吵死了啦！」

「那是摩打手嗎？是本人！他的手指真的好快！」

「他們說六點半開始第三場，這個時間有點微妙，我還想去看ＥＸＢ的表演……」

「我已經在會場了！他們真的這樣做了嗎？好有趣XD待會去看看他們的表演吧！」

「不要被騙了，表演肯定不好看，所以才會玩這種花招！」

「ＨＴ的話劇，主角竟然是殭屍少女，我看過預告片，根本是Ｂ級片嘛！」

還有幾百條相關留言。

很好，雖然和頂尖事務所動輒有幾千幾萬條留言相比，幾百條算不上什麼，但只要一直有人討論，就能夠引起別人的關注。

所以下一場絕對是勝負關鍵。

他繼續瀏覽網路上的評價，忽然他看到一則留言，不禁停了下來。

「ＨＴ旁邊的ＴＧＥ話劇也好精采！是四年前上演過的《大探險家》！」

游諾天立刻轉頭朝ＴＧＥ那邊看過去，他們也是在三點表演第二場，在昏暗的燈光之下，游諾天看不清楚人數，只能看出和ＨＴ人數相差無幾。

看到這種情形，游諾天沒有苦惱，反而勾起了嘴角。

「那些傢伙，要做還是做得到嘛。」

第二場也順利結束了，唯一可惜的是有半數人在中途離席，游諾天猜測他們是要去看EXB或CJ的第二場表演。

當然，也有一些看過上午場次的客人回來看下半場表演，所以整體人數實際上沒有明顯減少。

還有一個半小時。

喉嚨好像越來越乾涸了，但游諾天沒有理會，仍然在會場內指揮眾人工作。接著，他聽到許筱瑩的新曲在會場響起，大會宣布這是由惡魔槍手創作的時候，他因為感受到所有人的驚訝而輕笑出來。

網路上討論快閃表演的人越來越多，已經突破三千大關，之後許筱瑩的音樂也起了奇效，不少人來到C區買下舞臺音樂的光碟，有一些人更說六點半一定會來捧場，HT一眾的士氣當場變得十分高漲。

時間，來到六點十五分。

「大家，集合！」

距離上一場表演僅僅一小時，大家的臉上都略顯疲態，不過聽到游諾天的召集，他們都以他為中心聚集起來。

「今天大家都辛苦了，觀眾人數雖然不多，但全部一致好評，只要最後一場表演圓滿結束，大家這兩個月來的努力一定不會白費。」

游諾天停了一會，認真地環看眾人。

「我不敢說大家的業績會因此大幅好轉，也許在表演之後，我們會遇上更多更大的困難，不過我相信，我們已經在客人心中留下美好的回憶。所以，挺起胸膛吧！今天的我們絕對可以向其他人說，我們做出最好的表演！我真的非常感謝大家，但感謝的話語，讓我們留待慶功宴再說。」

游諾天走到殭屍少女身前，輕輕握起她的手。

「最後一場了，妳準備好了嗎？我們的主角。」

「我……」殭屍少女稍微緊張了起來，但當她看到甘樂書的笑容，她馬上堅定地點了點頭，「沒問題，我準備好了！」

「大家也準備好了嗎？」

「喔——！」

後臺上下團結一心，全部振臂高呼，接著他們各就各位，準備迎來最後的舞臺。

游諾天走到臺前，同時在心中獨自盤算。

目標是一百五十人。

只要最後一場有一百五十名客人觀看，這次的表演就是大成功。不過，一百五十人是下午場次的足足五倍，靠街頭快閃表演和許筱瑩的音樂炸彈，是否真的可以吸引到這麼多的客人？

游諾天不知道。

所以，當他看到臺下觀眾席爆滿的時候，真心大吃一驚。

「竟然……」

舞臺下有兩百五十個座位，竟然全部座無虛席！游諾天錯愕的瞪大雙眼，就在這時，手機響起來了。

「收到我的禮物了嗎？」

電話另一頭的赤月有點懶洋洋，但聲音之中明顯流露出笑意。

「禮物？」游諾天馬上皺起眉頭，「妳不要告訴我，我眼前的觀眾都是妳請來的。」

「當然不是。」赤月輕輕一笑，「我只是在網路上說了一句『C區的話劇比想像中精

采好看』，然後有很多人按讚，我就想這些人會不會真的來看了。」

「我先說好，我不會請妳吃百匯的。」

「小氣鬼。你放心吧，我也只是實話實說……話說回來，我現在出門還來得及看大結局嗎？」

「身為人氣專欄作家，大好的嘉年華會日子妳竟然窩在家裡睡懶覺嗎？」

「我是柔弱可憐的女孩子，這三天都陪著你們通宵練習啊……」

「少說廢話，現在來的話，應該趕得及看大結局。」

「那麼留一個特等席給我吧。」

赤月說完後便掛掉電話。

聽著從耳邊傳來的靜默聲音，游諾天不禁輕輕搖頭。

又欠她一個人情。

假如赤月沒有在網路上發表那句感想，到底會有多少觀眾前來觀看他們的話劇呢？一樣多的人？抑或會少一半？還是和之前沒有分別？

游諾天不知道，他只知道，一定要把握好這個大好機會。

◆◎◆◎◆◎◆

「這、這到底是怎麼回事？世界為什麼會變成這樣？」

「這是人類的孽障，自以為是萬物之靈，但卻忘了自己也只是寄生在世界之上。現在，世界震怒了，而我們就是代罪羔羊。」

殭屍少女和吸血王子初次相遇——劇本設計上，這時的殭屍少女滿臉驚恐，和她可怕的外貌形成強烈的對比，不少觀眾看到她的演出，都悄然輕聲拍掌。

「就算是這樣，我們也不應該憎恨人類！」

「我們心中不能沒有愛，不然我們會和他們一樣，變成一群目中無人、自以為是的可憐人！」

殭屍少女和其他怪物打倒來襲的殭屍狩獵隊，嚎叫人狼正要痛下殺手，殭屍少女拚死阻止，不僅喚醒了他的理智，也令大家再一次感受到愛的存在。

這一次，臺下觀眾齊聲歡呼。

「殭屍少女，我有話想跟妳說。」

「雖然妳一直以身為殭屍為恥，但是我覺得……這樣的妳真的好漂亮。異於常人的外貌，更加突顯妳仁愛的心。」

紙鶴對殭屍少女的告白，導致後臺眾人不得不合力阻止百鬼抓狂，同時臺下女性觀眾

都被紙鶴的深情對話感動，全都屏息靜氣，等著殭屍少女的回答。

「你們太天真了，我們和人類，根本不可能和平共存。」

「他們的罪，必須由他們自己來承受！」

這時，關銀鈴出場了。

為了演出怪物之王，她換上和平時截然不同的裝扮，全身都抹上一層灰色，爽利短髮也染成白色，雙眼戴上黃銅色的隱形眼鏡。最初見到這種造型，關銀鈴其實相當抗拒，但為了讓話劇變得更加完美，所以她毅然接受，並且全力演活反派。

游諾天在監督演出的時候，也不忘觀察觀眾的反應。看到關銀鈴全無破綻，怪物們束手無策之際，他們全都屏住呼吸，真心替他們擔憂。

——很好，觀眾們都投入了，維持這個勢頭……

「啪！」

忽然一道刺耳的聲音傳到耳邊，起初大家都以為是舞臺效果，但眼前忽然一黑，所有人都不禁驚呼出來。

游諾天吃驚地瞪大雙眼，然後他連忙打開耳機，和後臺的趙萱聯絡。

「趙萱，發生了什麼事？」

「我們也不知道……燈光突然熄滅了。」

這種事我當然知道！游諾天忍住大叫的衝動，冷靜地說下去：「是操作失誤還是舞臺的問題？」

「我們已經在檢查了，不過連後臺的燈光也壞了，似乎不只是舞臺的問題……」

「製作人！」

許筱瑩難得慌張，她甚至來不及停下來，一頭撞上游諾天。

「發生了什麼事？」

「我也不知道。」

「該不會又是ＴＧＥ那幫人——」

「游諾天，你們那邊一切正常嗎？」

突然龍一心的聲音從耳機傳來，他雖然盡力保持鎮定，但游諾天還是聽得出他語氣的焦急。

「就像你看到的，我們這邊的燈光出了問題。」

「我們這邊也是。這不是你們的報復吧？」

「我才不會幹這種無聊的事，但你們也是這樣，該不會……」

游諾天馬上想到最壞的可能性，然後幾乎同一時間，他的手機響起了。是大會的來電。

「你好，是ＨＴ的執行製作人游諾天先生嗎？」

「我是。Ｃ區的燈光突然失靈了，這是怎麼回事？」

「很抱歉，因為技術性的問題，Ｃ區的照明系統似乎壞掉了，我們已經派人去搶修，大概十分鐘之後，燈光系統就會復原。」

十分鐘！

假如是在表演以外的時間，區區十分鐘的確算不上什麼問題，偏偏現在是表演途中！

「開什麼玩笑！」游諾天馬上大喝，「什麼叫技術性的問題？馬上打開後備電源，我們這邊一分鐘也等不了！」

「我們已經打開後備電源了，但是照明系統仍然失靈。請稍等一會，我們馬上就會修理好的。」

「我就說我們等不到一分鐘！」

果然，當游諾天如此大喊之際，臺下開始鼓譟了。

本來觀眾都以為這是舞臺的特別效果，但他們等著等著，終於察覺到不妥，疑問聲四起，然後逐漸變為不滿。

「怎麼回事……」

「是有什麼故障嗎？」

大會人員又說：「游先生，大會可以代為通告，告訴客人C區的照明系統暫時失靈。請問要這樣做嗎？」

「不可以！我們會親自通告！」

「明白了，那麼我們會儘快搶修，請你們稍候。」

「混帳！」

游諾天氣得想要摔手機，但他還是忍住了。

「製作人，難不成……」許筱瑩輕輕咬著嘴唇，「是大會的過失？」

「就是這樣。」

不妙。

這是大會的過失──聽起來是一個大好消息，只要把這件事告訴在場的客人，他們都一會定諒解，鼓譟的情緒也會因此平息。

然而，話劇突然中止的這個事實依然沒變。

沒辦法，這是大會的錯呢。客人一定會這樣想，但除此之外，他們的興致被打斷了也是事實。只要公告這是官方的錯失，即是間接承認自己無能力改變現況，那麼客人要不無聊地繼續等待，要不直接站起來走人。

不可以讓這種事發生！

假如事情真的變成這樣，「因為大會錯失導致話劇中止表演」這類報導肯定會搶過「C區表演成功」的風頭。

唯有這樣做了——

「龍一心，你聽到吧？」

游諾天立即聯絡龍一心，電子雜音從耳邊傳來，緊接著是龍一心疲憊的回答。

「聽到了……真沒想到，我們用盡方法鬥個你死我活，最後竟然敗給大會。」

「你還沒通知觀眾吧？」

「當然沒有，但是……已經瞞不下去了。」龍一心無力地說。

他沒有說錯，客人們已經坐立不安，有些人還開始叫囂，催促他們繼續表演。在這種無能為力的情況，只有說出事實才能夠平息憤怒。

「給我三十秒。」游諾天奮力壓低聲音：「我會解決的。」

「……你想做什麼？」龍一心疑惑地問道。

不過游諾天沒有回答，他只是閉起雙眼，悄然深呼吸。

他接下來要做的事情將違反超級英雄法案，可是他只剩下這個辦法。他任由意識沉入黑暗之中，然後使用「超能力」。

四周倏地變得寂靜，接著無數光芒在身邊閃爍，他不斷朝四周探索，之後他找到了那個安靜地待在角落的光球。

「就是你嗎？」

游諾天讓意識追上去。

同一時間，他察覺到有點不妥。

「你明明沒有任何故障——」

他馬上就要碰到光球，但在這之前，一道閃光駭然從後襲來！

「嗚！」

游諾天痛得低叫一聲，接著他睜開雙眼，難以置信地看著前方。

「游諾天，你到底想做什麼？」

龍一心的聲音從耳邊傳來，游諾天當下一驚，之後轉過頭，便見到許筱瑩站在身邊，一臉擔憂地看著他。

「製作人，你剛才——」

「……怎麼會這樣？」

游諾天錯愕地說，接著身邊傳來鼓譟的叫囂。

「快點表演呀！我們不是來看黑影的！」

「再不表演我們就要走了！」

游諾天馬上回過神來，他本來想要再次使用超能力，但是他沒有忘記剛才發生的事情，而且他知道，他們已經沒有時間了。

——剛才明明是唯一的機會！

——到底發生了什麼事情！

游諾天憤然握緊拳頭，緊接著他用力深呼吸，努力讓自己平靜下來。

然而，一陣無力襲上心頭，令他湧起了軟弱的想法。

——我們已經做得夠好了。

——最後竟然遇到這種事情，真是不幸。

——不過我們還是可以挺起胸膛，告訴其他人我們已經盡了全力……

「哥哥，你沒有錯。」

「你已經盡力了。」

「才不是！」

忽然，過去的聲音在腦中響起，游諾天不顧一切，用盡全力大叫出來。

「不可以就這樣結束！」

——快想辦法，一定要想到辦法！

游諾天抓緊手機，彷彿要用盡全力把它捏個稀巴爛，同時他拚命思考，要在這個無能為力的困境之中找出活路。

——一定存在的！

——黑暗的環境、鼓譟的人群……

——手上有什麼武器？

——大會過失的消息……不對，這不是武器，這只是投降書。

——快想，快想啊！

在這個黑暗的環境，除了鼓譟的人群之外還有什麼？失靈的燈光系統嗎？除此之外呢？還有什麼？什麼東西也好，當中一定有能夠打開活路的關鍵。焦躁的心情、手足無措的超級英雄、等待指示的演員們、同樣面對困境的TGE一組人馬……

——想不到！

——在這種情況，只有投降了！

——只要兩組人一起說出真相，觀眾一定會原諒。既然不能全身而退，至少要把傷害降到最低。

——兩組人一起……

「……不對。」

忽然靈光一閃，游諾天馬上抓起耳機。

「龍一心，你們演到哪裡？」

「什麼？」

「我說，在燈光系統失靈之前，你們演到哪裡？」

「現在是說這種事的時候嗎？」

「你們到底演到哪裡！」

游諾天大喝一聲，龍一心馬上一怔，然後壓著聲音說：「我們演到影虎和內心黑影對峙的那一幕。」

在黑暗之中，游諾天終於看到一絲希望。

「就是這個！我們還有辦法扭轉形勢！」

「你到底在說什麼？」

「現在只有這樣做了，我們要聯手合作！」

龍一心當場怔住，但在下一刻，他馬上明白過來，「你該不會打算……」

游諾天連忙接話：「我們這邊演到怪物們都打不過怪物之王，馬上就要不支倒下。」

龍一心一愣，之後他咬緊牙關，拚命擠出聲音：「……做不到，我們根本沒有劇本，要怎樣演下去？」

「劇本的話，現場即興構思就可以了！馬上叫影虎準備，在這個昏暗的環境，他可以無限擴大影子吧！」

「不可能！這根本——」

「龍一心，你要在這裡功虧一簣嗎？」

突然，游諾天如此說著。

龍一心一聽，竟然回答不了。

因為答案只有一個。

「……假如演出失敗，我會把責任都推在你身上。」

「別傻了，這是我們的聯合演出。」

游諾天抓住許筱瑩的手臂，然後指著天花板。

「對天花板發射照明彈，效果消失之後繼續放。」

「製作人，你打算做什麼？」

許筱瑩不明白游諾天的話，但她也變出步槍對準上方。

「我要遵守承諾。」游諾天解開領帶，把它塞進褲袋，「我要做出完美的表演。」

◆◎◆◎◆◎◆

觀眾鼓譟不安，他們紛紛拿出手機，一邊叫囂，一邊用螢幕照亮身邊。

就在這時，一枚照明彈突然在上方閃現，照亮了整個Ｃ區。

「這是……？」

「嗚哇——！」

一聲吶喊打斷觀眾的疑惑，接著一道黑影從下捲襲而來，瞬間包圍了整個Ｃ區。

「愚蠢的人，你以為掙扎有用嗎？看清楚現實吧！」

黑影不只包圍整個Ｃ區，還捲到ＨＴ的舞臺之上，關銀鈴和功夫少女等人都吃了一驚，但他們都站在原地，不敢隨便亂動。

「所謂的努力、所謂的友情，在現實面前根本不值一提。」

關銀鈴認得這是誰的聲音。

這是游諾天的聲音。

隨著他的話，黑影也不斷在晃動，彷彿游諾天化身成這道黑影，從上而下睥睨眾人。

「你們人類，就是如此渺小！你看清楚啊！在無數的時空世界，人類都只會犯著相同的錯誤，然後帶著悔恨死去！」

現在是怎麼回事？

不只是現場觀眾，一眾超級英雄也是一頭霧水，他們都轉頭看著後臺，可惜照明彈照不到那邊，所以看不到同伴的臉孔。

不過，關銀鈴察覺到一件事。

游諾天在拚命努力。

游諾天不會做多餘的事情，他做的每一件事，都是為了ＨＴ。以前是，現在是，未來也是。所以他會在這個現況不明朗的時候即興演出，沒有其他目的，一定是為了幫助ＨＴ。

既然如此，現在自己只需要做一件事——就是要配合他。

一道金光霍地從關銀鈴身上閃現！本來她要再等一會才發動超能力，但為了配合游諾天的演出，她只好硬著頭皮上了。

「終於打開了！」

關銀鈴身上的金光抓住了在場每位觀眾的目光，臺下馬上響起一陣歡呼，全部人都以為這是表演的一部分，可是這根本是即興創作，臺上眾人不禁一愣，但也全神貫注地看著關銀鈴。

「人類過往的罪孽之門，現在終於打開了。」

自己到底在說什麼呀？雖然關銀鈴順利說出未曾練習過的臺詞，但其實她緊張得手心冒汗，只能夠拚命裝出一副了然於胸的樣子，傲然看著前方。

「召喚我的人，就是妳嗎？」

不料游諾天竟然接話了，關銀鈴馬上壯膽，並且鼓起勇氣繼續演下去。

「沒錯！人類不只是一次背叛這個世界，在歷史的洪流之中，他們一次又一次、一次又一次、一次又一次背叛，現在我不只是他們做出來的怪物，更是他們罪孽的化身！」

呃，接下來又要說什麼？快點找人來接話吧！她已經想不到要說什麼話了，要是沒有人幫忙，這齣戲肯定演不下去。

「……妳說什麼？」

真的有人接話了！這次不是游諾天，而是另一邊舞臺的影虎。

接著，又有一枚照明彈往上射出。

影虎霍地跳下舞臺，然後慢慢朝關銀鈴這邊走過來，ＴＧＥ的觀眾們見到了，馬上站起來跟著他。

不用片刻，ＨＴ的觀眾席便擠滿了人。

「你們……這難道是我們人類未來的世界嗎？」

「……正、正是這樣！」

怪物之王，不，闞銀鈴猶豫了，不過看著影虎跳上舞臺，她厚著臉皮回答。

「影虎啊，你現在看清楚了吧？你追尋的一切，最終都會化成虛無。」

游諾天又開口了，接著黑影晃動，緩緩纏上倒地的殭屍少女。

「咦？這、這是……」

殭屍少女驚喜交雜，完全不知道該做什麼，只能夠任由黑影把她倒吊起來。

「看清楚吧，這就是你拚命追尋的結果！人類根本不值得救贖，你找到的希望，最終只會被人類的欲望扭曲，變成此等異常的怪物！」

「沒錯！人類就是如此扭曲，是沒有任何希望的存在！」

闞銀鈴不顧一切跟著大叫，猝然影虎跪倒在地上，一臉難過地捶打地面。

「怎麼會有這種事……我們明明……我們明明只是想拯救世界啊！我們拚命追尋的神仙藥，竟然會孕育出怪物嗎？」

「現在回頭還來得及，影虎。」

「砰！」

第三枚照明彈射出，黑影同時靠近影虎。

在這個瞬間，全場鴉雀無聲。

「不要追尋什麼神仙靈藥，回去吧，只要回去了，你和世界都會因此得到安寧。」

「我、我……」

影虎動搖了，之後他抬起頭，看著仍然被倒吊在半空的殭屍少女。

所有人都看到他這個動作，所以全都跟著他的視線看過去。

殭屍少女仍然不明所以，但看著眼前景象，她終於開口了。

「不、不是這樣滴！」

因為是臨時想到的臺詞，而且還被倒吊著，殭屍少女咬到了舌頭，最後的語尾變得相當奇怪。

「正、正因為是如此絕望，我們才更加需要希望哇啊——！」

黑影忽然放手了，殭屍少女馬上頭下腳上摔落在地，接著她狼狽地爬起來。

「妳說什麼？」

闟銀鈴轉過身，狠狠地瞪著她——這應該是演技，但殭屍少女稍微被嚇倒了。

「我們絕對不會放棄！即使變成這副模樣，『我們』仍然是『我們』！在我們心中，希望和愛永遠不滅！」

「妳這傢伙……」

闟銀鈴往前踏出一步，在昏暗之中，她的隱形眼鏡反射出不祥的光芒，殭屍少女死命忍住恐懼，挺起胸膛反瞪回去。

「怪物之王，妳也清醒吧！妳也曾經是一個人類，不是嗎？」

「我對過去沒有絲毫留戀！現在的我，只為了消滅人類而生！」

關銀鈴巧妙控制力道，以僅僅不會踏穿舞臺的力道猛地一踩，舞臺隨即搖晃起來。

殭屍少女倒下了，但她立刻爬了起來，「那麼，我只好打倒妳！」

忽然一襲光芒從頭頂射來，照亮整個C區，全部人都抬起頭，便見到C區燈火通明。

「嗚呀呀呀呀呀！」

游諾天慘叫了——不是，是他飾演的黑影慘叫了。同時影虎慢慢站起來，和殭屍少女一起面對關銀鈴。

不只是她，其他倒下的怪物（超級英雄）都站了起來。

「我相信妳，未來的女孩。」

「我也相信你，存在於過去的先生。」

「怎麼可能？這怎麼可能！」

黑影游諾天繼續慘叫，而影虎已經不再理會他，其他人也是，他們全部面對剩下來的唯一敵人。

「我們絕對不會放棄！」

人類（超級英雄）和怪物（超級英雄）齊聲吶喊。

「因為這就是我們的生存之道！」

「太天真了！就算你們一起上，也不可能打倒我！」

關銀鈴彷彿真的化身成為怪物之王，對著殭屍少女等人大聲咆哮，之後她真的憑著一己之力，力敵所有人的超能力。

殭屍少女的超能力是「不死身」，即使被斬成碎片，她也不會死去，斷去的肢體更可以遠距離控制。在表演之前他們已經預先做過手腳，好讓她的身體容易支離破碎，而看著她屢敗屢戰，觀眾都看得熱血沸騰。

至於影虎的超能力是「影子操控」，他可以任意改變影子的形狀，同時可以把一小部分的影子實體化。黑影和白光互相輝映，在舞臺之上畫出詭異但優美的影舞。

紙鶴和百鬼聯手使用超能力，前者可以在一瞬間把紙張變成摺紙，而百鬼則能控制被她親吻過的小型物件，無數紙鶴在天空飛舞，然後它們合而為一，變成一隻巨大的鳳凰。

吸血王子、嚎叫人狼則是人如其名，兩人皆為黑夜的王者，也只有他們才能夠跟得上力量全開的關銀鈴，三人的打鬥拳拳到肉，完全沒有依靠任何特技，即使觀眾的眼睛追不上驚人的速度，但也大呼過癮。

不只是他們，ＧＰ的摩打手和無線通訊雖然不善戰鬥，但兩人也拚命跟上眾人的動作，不停轉換背景音樂和特效，盡全力炒熱氣氛。

ＴＧＥ的多多和幽子，也許是為了補償昔日的過失，又也許是單純被現場熾熱的氣氛感染，兩人都投入這場大混戰，多多的觸手更是不顧一切拚命揮動，好幾次都不小心打翻了燈箱，但是在一旁的飄浮世界立即接過倒下來的燈箱，然後大喝一聲，一頭栽進舞臺的中心。

在舞臺上演的，不再是《屍愛》，也不是《大探險家》。

「好啊！哇！小心！」

「吸血王子好有型呀！」

「怎麼千面和惡魔槍手不上場啊！」

明明舞臺已經失控了，不過觀眾們的情緒變得越來越高漲，他們狂呼、甚至在原地起舞，有一些觀眾更差點忍不住要衝上舞臺。

「這是……」

在游諾天的身邊，胡靜蘭把一切看在眼裡，她不禁掩住嘴巴，遮住她半張臉孔。但是她眼神之中流露出來的驚訝和喜悅，游諾天看得一清二楚。

「《超級英雄大時代》……」

「還差得遠，不過……」

手腳有點冰冷，但身體好熱，頭也是，熱得頭昏腦脹，呼吸更是變得無比沉重，不過

游諾天的心情卻是前所未有的振奮。

眼簾輕輕垂下，雙眼看著的，彷彿不是眼前的熱鬧，而是曾經失去、但現在已失而復得的重要之物。

然後，游諾天掛起淡然的微笑。

「我們做到了。」

表演一直持續到九點才結束，比最初的預定時間延後了足足半個小時，不過臺下爆發出來的掌聲和歡呼，不只撼動了C區，更加傳遍了整個會場。

終　章

因為你是她的哥哥

「製作人！」

關銀鈴飛彈，發射！

聽到關銀鈴愉快的叫聲，游諾天已經心知不妙。果然，他還來不及轉身，對方便一口氣撲到他身上，要是他沒有及時抓住欄杆，恐怕兩人已經一起往外頭掉下去。

「……妳這個丫頭，不是警告過妳不要突然撲過來嗎？」

「我記得，但我真的太興奮了！全靠製作人，我們的表演才會大成功呀！」

臨陣磨槍的聯合表演大受好評，C區全場觀眾都報以震天的掌聲，當中還有幾名記者立刻衝上前採訪，場面相當熱鬧。

「妳剛才也做得很好……我說，妳快點放手！」

游諾天想舉起手輕撫關銀鈴的頭，但是關銀鈴抱得太緊，他不自覺地想要推開她，就在這時，一記閃光燈突然從旁閃爍。

「大新聞，執行製作人公然調戲旗下超級英雄，把這張相片賣出去，肯定會賣到好價錢吧？」

赤月笑咪咪地走過來，游諾天隨即白了她一眼。

「明顯是我被緊緊抱住，要怎樣調戲她？」

「那麼換一個標題，執行製作人被旗下超級英雄霸王硬上弓——」

「我只是在感謝製作人啦！」

關銀鈴趕忙放開雙手，在面具下的小臉同時漲紅，赤月見狀笑得更高興了。

「要是我沒有走過來，妳該不會要給他感謝之吻吧？」

「才不會！」

關銀鈴慌忙揮著雙手，接著她望向游諾天，臉頰變得更加通紅。

「赤月小姐是笨蛋！」

關銀鈴一邊大叫、一邊逃回慶功宴的會場。

游諾天不禁嘆了一口氣，並從口袋中掏出巧克力。

「妳這傢伙，性格真是糟糕。」

「跟你相比只是小巫見大巫。」

赤月走到游諾天身邊，和他一起仰望清澈的夜空。

「剛才真的很狼狽……」游諾天忍不住搖了搖頭，「要不是他們能一起配合我的即興演出，表演一定是大敗收場。」

「不過你們還是成功了。」

「是的，我們成功了。」

游諾天用力深呼吸，然後把巧克力遞給赤月。

「不過，有一件事很奇怪。」

赤月本來笑著接過巧克力，但聽到游諾天這句話，馬上收起笑容，問：「你指照明系統突然壞了這件事？」

「沒錯。」游諾天輕輕吁出一口氣，「我剛才使用了超能力，在我看來，Ｃ區的照明系統根本沒有故障。」

「這不合理，先不說你隨意使用超能力這件事，如果Ｃ區的照明系統沒有故障，為什麼燈光會打不開？」赤月馬上皺起眉頭。

「有人故意關掉它們。」

赤月沒有吃驚，只是眉頭皺得更緊了。

「你該不會想說，有人對Ｃ區下手吧？」

「這種事的確很不合理，Ａ、Ｂ區都安然無恙，唯獨Ｃ區遭人動手腳……如果想要搞亂嘉年華會，這個凶手未免太沒眼光了。」

「但我很好奇，你既然發現了Ｃ區的照明系統沒有故障，為什麼不立即用超能力打開燈光，反而要冒險做即興表演？」

赤月提出理所當然的問題，游諾天沒有馬上回答，只是默默低頭沉思。

「這是因為——」

「你們好。」

一道聲音忽然從旁傳來，游諾天和赤月立刻驚訝地轉過頭。

在他們眼前，是一名穿著紫色晚裝的女子。

HT一組人的慶功宴在飯店舉辦，他們沒有包場，所以其他客人都可以隨便走進來。

然而，直至女子開口之前，游諾天完全察覺不到她的存在，但她表現得優雅自然，彷彿一直站在這裡，只是他們渾然不覺。

因此，游諾天瞇起雙眼，緊緊盯著紫衫女子。

「……妳是誰？」

「抱歉，打擾兩位了。」紫衫女子輕輕的低頭致歉，之後她揚起嘴角，露出淡淡的微笑，「我本來不想打擾，但我真的很好奇，所以請恕我失禮。」

女子對他的問題避而不答，游諾天馬上加緊戒備，眼睛不敢錯過女子的任何動作。

「你認識她嗎？」赤月悄然靠近游諾天，輕聲問道。

「不認識。」游諾天仍然緊盯著紫衫女子，又問：「我再問一次，妳是誰？」

「你不認識我，但我認識你，游諾天先生。」

紫衫女子嫣然一笑，不過她沒有其他動靜，只是沉穩地看著二人。她顯然沒想過要報

上身分，所以游諾天也不糾纏，但他沒有因此放鬆警戒。

「我一直都想和你見面。」

「為什麼？」

「因為你是游白雪的哥哥。」

女子冷不防如此說著。不只是游諾天，連赤月都睜大雙眼，驚訝地看著紫衫女子。

「……妳認識白雪？」

游諾天拚命保持冷靜，可是他的聲音忍不住顫抖了。紫衫女子一聽，嘴邊的笑意變得更加濃厚。

「當然認識，不久之前我們才見過面。」

「不可能，她明明還在——」

游諾天未能說完話，他駭然停了下來。

靠在他身邊的赤月倒下了！

「……赤月？」

游諾天連忙抱起赤月，赤月似乎沒有昏倒，可是她臉頰漲紅，全身癱軟，即使只是一個呼吸，她也要使勁的用盡全身氣力。

「她很嫉妒呢，『哥哥』。」

紫衫女子柔聲地說著，可是游諾天非但沒有安心，他更加有一種錯覺，彷彿脖子被人輕輕勒住。

「……妳在說什麼？」

「你心知肚明，不是嗎？」紫衫女子迎著晚風，輕輕掩著被風吹拂的髮絲，「你身邊都是可愛的女孩子，我們好不容易才能安撫她。」

「我不會上當的。」游諾天抱緊赤月，冷冷地說：「妳對赤月做了什麼？」

「放心，不會要了她的命。你的妹妹很難伺候，她既不想讓其他女孩子接近你，但她又知道如果傷害她們，你一定會生氣，所以只是要我給她們一點教訓。」

「我警告妳，假如敢再提起她，我絕對不會放過妳。」

「而且，她也要求我教訓你呢。」

游諾天馬上站起來，可是還未踏出腳步，他猝然感到全身乏力，然後跪倒在地上。

「妳……」

「今天就到此為止吧。」紫衫女子輕輕一笑，「坦白說，我對你們沒有任何興趣，雖然你們是超級英雄業界的元老，但這都是陳年往事了，即使擊垮你們，其他人也都不會感到害怕。」

游諾天想要開口反駁，可是他感到身體越來越沉重，要不是拚命咬緊牙關，他早就倒下了。

紫衫女子走近他，往前伸出白嫩的手指。

「不過我必須承認，你們比想像中更加頑強。之前我本來只是想送『她』一個人情，順便來做測試，但你們竟然可以打倒『他』，我真的吃了一驚……所以，你聽清楚了。」

紫衫女子的手指抵在游諾天的額上。

「超級英雄的遊戲已經結束了，如果不想受傷，馬上退出吧。」

——才不是什麼遊戲！

游諾天沒有氣力說出這句話，他只能用最後的氣力，狠狠瞪著紫衫女子。

然後，他的意識沉入黑暗之中。

《新世紀超級英雄01超級英雄嘉年華》完

敬請期待更精采的《新世紀超級英雄02》

Novel KILO
Illust 醃那SANA.C
TAKASAGO PROJECT
眼球戰車
幻瞳與百目鬼
今晚你要幾顆
眼球呢？www
當魔法師對上退魔三家，
當眼球殺手激爆出沒，
今夜的高砂北都妖影幢幢！
奇特的眼球魔法師，教你如何吸眼上身！
典藏閣
華文聯合出版平台
www.book4u.com.tw
采舍國際
www.silkbook.com
不思議工作室_
立即搜尋

陳詞懶調×PieroRabu
回到過去
BACK TO THE PAST
TO BECOME A CAT NO.6
變成貓
怒氣爆發的家貓VS.
囂張狂野的小偷貓
夜晚的喵喵對決就此展開！
首刷附贈精美明信片・以及萌翻天小動物搖
典藏閣
華文聯合出版平台
www.book4u.com.tw
采舍國際
www.silkbook.com
不思議工作室_
立即搜尋
版權所有© Copyrig

羊角系列031

新世紀超級英雄 01

超級英雄嘉年華

出版者■典藏閣
作　者■奇梵　繪　者■Naive
總編輯■歐綾纖
封面設計■Snow Vega
製作團隊■不思議工作室
郵撥帳號■50017206 采舍國際有限公司（郵撥購買，請另付一成郵資）
台灣出版中心■新北市中和區中山路2段366巷10號10樓
電　話■(02)2248-7896　傳　真■(02)2248-7758
物流中心■新北市中和區中山路2段366巷10號3樓
電　話■(02)8245-8786　傳　真■(02)8245-8718
ISBN■978-986-271-721-9
出版日期■2016年10月

全球華文國際市場總代理／采舍國際
地　址■新北市中和區中山路2段366巷10號3樓
電　話■(02)8245-8786　傳　真■(02)8245-8718

新絲路網路書店
地　址■新北市中和區中山路2段366巷10號10樓
網　址■www.silkbook.com
電　話■(02)8245-9896
傳　真■(02)8245-8819

☞**您在什麼地方購買本書？**☜

1. 便利商店（________市／縣）：☐7-11　☐全家　☐萊爾富　☐其他________

2. 網路書店：☐新絲路　☐博客來　☐金石堂　☐其他________

3. 書店（________市／縣）：☐金石堂　☐蛙蛙書店　☐安利美特animate　☐其他____

姓名：________地址：________

聯絡電話：________　電子郵箱：________

您的性別：☐男　☐女　　您的生日：西元________年________月________日

（請務必填妥基本資料，以利贈品寄送）

您的職業：☐上班族　☐學生　☐服務業　☐軍警公教　☐資訊業　☐娛樂相關產業

☐自由業　☐其他________

您的學歷：☐高中（含高中以下）　☐專科、大學　☐研究所以上

☞**購買前**☜

您從何處得知本書：☐逛書店　☐網路廣告（網站：________）　☐親友介紹

（可複選）　☐出版書訊　☐銷售人員推薦　☐其他________

本書吸引您的原因：☐書名很好　☐封面精美　☐書腰文字　☐封底文字　☐欣賞作家

（可複選）　☐喜歡畫家　☐價格合理　☐題材有趣　☐廣告印象深刻

☐其他________

☞**購買後**☜

您滿意的部份：☐書名　☐封面　☐故事內容　☐版面編排　☐價格　☐贈品

（可複選）　☐其他

不滿意的部份：☐書名　☐封面　☐故事內容　☐版面編排　☐價格　☐贈品

（可複選）　☐其他

您對本書以及典藏閣的建議________

____

____

✌未來您是否願意收到相關書訊？☐是　☐否

✎**感謝您寶貴的意見**✎

印刷品

$3.5
請貼
3.5元
郵票

235 新北市中和區中山路二段366巷10號10樓

華文網出版集團　收

（典藏閣－不思議工作室）

新世紀超級英雄

HERO TEAM 01